나쓰미의 반딧불이

우리가 함께한 여름날의 추억

나쓰미의 반딧불이

모리사와 아키오 지음
이수미 옮김

이덴슬리벨

Contents

민들레는 멋진 꽃이야.
꽃은 져도 수많은 생명을
하늘로 둥실둥실 날아오르게 해.
정말 근사하지 않아?

프롤로그

사카키야마 운게쓰의 '빚'

따각…….

공방의 고풍스러운 장작 스토브가 희미한 소리를 냈다.

포개진 채 타던 장작이 무너진 것이다.

스토브 앞에서 몸을 동그랗게 말고 자던 검은 고양이 야차가 눈을 감은 채 귀만 꼼틀 움직였다.

춥고 고요한 산속의 봄날 밤이다.

사카키야마 운게쓰는 문득 작업하던 손을 멈추고, 쥐고 있던 조각끌과 쇠망치를 원목 널빤지 위에 조심스레 올렸다. 널빤지에 흩어진 노송나무 가루가 산뜻한 향기를 내뿜고 있다.

"크아아아아아."

운게쓰는 크게 기지개를 켜고 톱밥이 수북한 바닥에 벌렁 드러누워 팔다리를 대자로 쭉 뻗었다. 흰머리가 드문드문 섞인 조금 곱슬곱슬하고 부스스한 긴 머리가 바닥에 풀썩 흩어진다.

운게쓰는 머리를 돌려 나무틀 속의 창밖을 바라보았다.

창틀로 네모나게 잘린 유리 너머의 밤하늘은 차가운 달빛으로 가득하여 왠지 푸르게 보였다. 새싹이 여기저기 움트기 시작한 나무들의 여린 가지가 땅 위에 실루엣을 새기며 살랑살랑 흔들린다.

오늘 밤엔 조금 바람이 부는 모양이다.

운게쓰는 그러고도 한참 동안 드러누워 천장을 바라보았다. 대자로 누워 꼼짝도 하지 않았지만 입가에는 아주 살짝 만족스러운 미소가 떠올랐다.

장작 스토브에서 다시 따각, 하는 소리가 들렸다. 운게쓰는 그 소리가 신호였다는 듯 상반신을 일으켜 책상다리를 하고 앉았다.

옆에 놓인 찻잔을 들고 반쯤 남은 차를 꿀꺽꿀꺽 들이켰다. 차갑게 식어서 향도 다 날아가 버린 싸구려 차였지만, 마른 목을 타고 내려가는 액체의 감촉이 무척 좋았다.

운게쓰는 “후우” 하고 숨을 한차례 내뱉고는 흰 수염이 드문드문 섞인 짧은 턱수염을 쓰윽쓰윽 소리가 나도록 어루만졌다. 만지면서 눈앞의 작품을 멍하니 바라본다.

목조 보살상이다.

발끝에서 머리까지 총길이는 넉 자 정도(약 1.2미터). 신사 경내에서 자랐다는 유서 깊은 노송나무의 중심부를 10년 이상 건조시킨 일등품이다. 게다가 귀하게도 일목조다. 일목조란 하나의 목재에서 불상을 통째로 깎아 내는 수법을 뜻하는 말인데, 헤이안 시대 중기까지는 일반적이었다고 한다.

그 후로는 각 부위를 따로 만들어서 나중에 조합하여 붙이는 수법을 많이 쓰게 되었고, 지금은 거의 대부분 그렇게 만들어진다. 이 방법이라면 큰 불상을 만들 때에도 거목을 쓰지 않아도 되고, 분해할 수 있으니 운반도 간단하다. 만약에 조각하다가 실패하더라도 그 부위만 다시 만들 수 있어 제작상의 위험도 적다. 물론 재료비도 싸게 먹힌다.

요즘 불황으로 시주 수입이 급격히 줄어든 탓도 있어서, 사찰은 모두 이 방식으로 주문하는 게 당연시되어 버렸다.

운게쓰는 일목조를 선호했다. 한 그루의 나무로 하나의 불상을 만든다는 것. 단 한 번의 손짓이 여태까지 쌓아 온 모든 작업을 허사로 만들 수 있다. 그 떨리는 긴장감이 운게쓰를 미치도록 자극하는 것이다. 조각에 몰두하는 동안 어느새 이렇게 됐나 싶을 만큼 시간이 빨리 흐르는 느낌도 좋고, 한 번 또 한 번 조각칼에 혼을 담을 때마다 서서히 나무가 깎여 나가는 초자연적 감각을 음미하는 것도 즐겁다. 완성된 불상이 발하는 힘찬 역동감과 주위를 감싸는 깊은 고요도…….

어떤 이유로든 일목조에 마음이 움직이는 것이다.

지금 운게쓰의 눈앞에 선 보살상은 이미 조각이 거의 끝나고 정교한 마무리 단계에 들어간 상태이다. 보살이 걸친 법의에 연필로 주름을 세세하게 그려 넣고 입체적으로 표현해 간다. 불상의 생명인 얼굴을 새기는 건 마지막 단계의 즐거움이다.

운게쓰는 일단 일어나 미완성의 보살상에서 몇 걸음 물러났다가 다시 천천히 쭈그리고 앉았다. 의도적으로 아이의 눈높이가 되어 보살을 바라보기 위해서다.

상으로서의 균형은 나무랄 데 없다. 그러나 보살의 '원래 모습'은 아니었다. 왼손에 보배 구슬을 들고 있는 것까지는 정석인데, 오른손에 쥐고 있어야 할 석장이 없다. 운게쓰는 대신에 막대기를 쥐여 주었다. 그냥 볼품없는 막대기다.

하지만 그 막대기가 중요하다. 이 보살이 동서고금을 막론하고 운게쓰의 손에 의해서만 만들어질 수 있는 까닭이 바로 여기에 있다.

물론 전통과 형식을 중요시하는 불사(佛師)는 즉각 '가짜'라고 비난할 것이다. 스승이었던 다케오카 뎃사이에게 보이면 말보다 손이 먼저 날아올지도 모른다.

하지만 이 보살은 이걸로 됐다.

아니, 이래야만 한다.

"설마 이 정도일 줄은……."

운게쓰는 중얼거리며 싱긋 악동처럼 웃었다.

"어이, 야차."

아름다운 보살에서 눈을 떼지 못한 채 뒤에서 자는 고양이에게 말을 건다.

"안 되겠는데, 이 불상……. 성공하면 갚는다는 둥 쓸데없는 소리나 지껄이는 녀석한테 주기엔 너무 아까워."

야차라 불린 검은 고양이는 귀를 운게쓰 쪽으로 슬쩍 기울이긴 했지만 눈과 입은 여전히 꼭 닫은 채였다. 대신에 기다란 꼬리 끝으로 바닥을 두 번 톡톡 쳤다.

"크크크. 역시 천재 불사야, 나는."

운게쓰는 치명적인 아름다움을 지닌 여인의 나체라도 보듯 황홀한 눈빛으로 만족스러운 한숨을 흘렸다.

사카키야마 운게쓰는 이바라키(茨城) 현 내에서는 꽤 이름난 사찰 주지의 차남으로 태어났다. 사찰은 어릴 때부터 성실하고 우등생이었던 형이 이어받기로 하고, 공부도 못하는 문제아인 대신 손재주가 뛰어났던 운게쓰는 고등학교를 졸업하면서 불상 만드는 일에 뜻을 두었다.

아니, 뜻을 두었다기보다는 엄격했던 아버지의 소개로 아이치(愛知) 현에 있는 다케오카 뎃사이라는 불사의 공방에 반강제로 들어갔다.

'현대의 명불사'로 알려진 뎃사이는 일본에서 다섯 손가락 안에 드는 명장이었다. 뎃사이가 조각하는 불상은 더할 나위 없이 정교하고 아름다우며 자비로움의 향기마저 감돌았다. 무엇보다 불교의 가르침에 정확히 들어맞는 바른 모습의 불상이었다.

"그저 아름다운 불상을 만들면 되는 게 아니란다. 정통에 따라 바른 모습을 한 불상을 만드는 게 우리의 임무야. 그러려면 불교에 관한 지식이 필요하겠지. 알겠느냐?"

운게쓰는 공부에 소질이 없어서 불사에 뜻을 둔 것인데, 결국 불교 관련 서적을 열심히 읽어야 할 처지에 놓였다.

올곧은 아버지의 마음에 들었던 만큼 뎃사이는 지나치리만치 성실한 사람이었다. 나쁜 의미의 성실함은 아니었다. '제자는 스승의 어깨 너머로 배우라' 따위의 케케묵은 말은 절대 하지 않고, 최대한 알기 쉬운 표현과 시범으로 운게쓰를 효율적으로 가르쳤다. 단, 조금이라도 꾀를 부린다 싶으면 가차 없이 철퇴를 내렸다.

운게쓰가 뎃사이 밑에 들어갔을 때 이미 3년 먼저 들어온 선배가 한 사람 있었다. 하지만 그로부터 2년 후 그만두고 말았다. 순식간에 실력을 키워 두각을 나타내는 운게쓰의 재능에 거의 밀려나듯 공방에서 나간 것이다.

운게쓰는 자신의 재능에 일찌감치 눈을 떴다. 스승인 뎃사이도 알고 있었지만 입 밖에 내지는 않았다. 스승으로서 그저 매일 꾸준히 자신이 지닌 최고의 기예를 제자에게 전수할 뿐이었다.

뎃사이가 늘 강조하는 말이 있다.

'God is in the details.' 신은 작은 것도 놓치지 않는다. 그러니 손톱만큼의 타협도 허용해선 안 된다.

운게쓰는 그 가르침을 마음 깊이 새겨 넣었다.

제자로 들어간 지 5년이 지났을 때, 운게쓰는 스승과 거의 동등한 수준의 불상을 조각할 수 있게 되었다. 7년째엔 스승이 조각한 불상의 부족한 점이 보였다. 10년이 지난 늦가을의 어느 날, 스승과 제자는 주문받은 관음상을 각자 하나씩 만들기로 했다. 불상 만드는 솜씨를 한번 겨뤄 보자는 것이다.

이윽고 관음상 두 개가 완성되자 나란히 공방에 두고, 보는 눈이 날카롭기로 유명한 고객에게 선택하라고 했다.

"마음에 드는 쪽을 선택하십시오."

뎃사이가 말하자 고객이 자신만만한 얼굴로 이야기했다.

"저는 오랫동안 진짜 불상을 많이 봐 왔어요. 스승님이 만드신 것과 제자가 만든 것 정도는 구별할 줄 압니다. 저는……, 이쪽을 선택하겠습니다."

그가 손을 얹은 쪽은 놀랍게도 운게쓰가 조각한 관음상이었다.

그날 밤 뎃사이는 깊숙한 곳에 챙겨 뒀던 술을 꺼냈다. 운게쓰와 술잔을 주고받으며 마침내 깊은 뜻을 전수하려는 것이다.

"너의 불상에는 아직 아름다움이 부족하다. 정교함도 부족하다. 자비도 부족하다. 대신, 어느 누구도 따라 할 수 없는 약동감이 있구나. 살아 있어, 불상이. 내가 아무리 능숙하게 나무를 깎아도 살아 있는 불상에는 이길 수가 없구나. 네가 어떻게 살아 있는 불상을 만들 수 있는지, 그 이유를 아느냐?"

스승의 물음에 운게쓰는 묵묵히 고개를 저었다.

"내가 가르쳐 주마."

스승은 술을 벌컥 들이켜더니 먼 곳을 바라보며 이야기를 시작했다.

"내가 조각한 불상은 보름달이야. 완벽한 원이니 그저 밝고, 아름답지. 자네가 조각한 불상에는 달 외에 먹빛 구름까지 새겨져 있어. 구름이 이따금 달빛을 가리니 보는 사람의 마음이 한층 더 애타는 것이라네. 자네는 빛과 어둠을 함께 담았어. 인간의 마음속과 같은 구조야. 그 구조가 보는 사람의 마음에 파도를 일으켜 마치 불상에 생명이 깃든 것처럼 느껴지게 하는 것이지."

운게쓰는 스승의 말에 "감사합니다."라고 머리를 숙였지만 속으로는 하품을 하고 있었다. 그 정도는 굳이 말하지 않아도 알고 있었다. 운게쓰가 뎃사이의 불상에서 느꼈던 부족함이 바로 그것이었다.

인간성이 너무 반듯하기에 어둠을 새기지 못하는 불사. 운게쓰의 눈에 비친 다케오카 뎃사이는 바로 그런 인물이었다.

뎃사이는 덕이 많은 스승이었다. 자신에겐 엄격하고 타인에겐 친절하며 우직하고 늘 행동이 바르기에, 사람들이 존경할 만한 장인이라는 사실에는 의심의 여지가 없었다. 실제로 스승을 나쁘게 말하는 사람은 주위에 아무도 없었고, 운게쓰 역시 스승을 무척 좋아했다. 불사로서의 재능은 자신보다 떨어졌지만, 경험과 지식과 인격 면에서는 진심으로 존경했다.

그런 스승이 잔을 바닥에 내려놓고 마음씨 좋은 할아버지의 눈으로 운게쓰를 바라본다.

"너도 이제 독립할 때가 되었다. 스승인 내가 아호를 지어 줘야겠구나."

운게쓰는 잔을 손에 든 채 아무 말 없이 고개만 살짝 끄덕였다.

"어디 보자……. 빛과 어둠, 달과 구름을 새기는 불사라는 뜻으로, 운게쓰(雲月)는 어떠냐?"

운게쓰라…….

사카키야마 운게쓰.

나쁘지 않다.

"삼가 감사히 받겠습니다."

순순히 받아들이는 제자를 보고, 뎃사이는 웃으면서 응응 하고 고개를 끄덕였다.

"운게쓰, 늘 정도를 추구하거라."

"예."

이리하여 사카키야마 운게쓰라는 불사가 탄생하였다.

그날 밤 스승과 제자는 몇 번이나 잔을 부딪쳐 가며 밤이 이슥해지도록 술을 나누었다.

뎃사이의 그늘에서 독립한 운게쓰는 우선 부모님이 계시는 사찰의 헛간을 개조하여 작은 공방을 만들었다. 따로 영업을 하지 않아도 작업 의뢰는 밀려들었다. 스승이 전국적으로 이름을 떨친 명장이기도 했고, 아직 주지승으로 절을 지키는 아버지의 명성과 인맥 덕분에 주문이 줄을 이었다.

부모와 스승의 은덕. 그러나 그 은덕에 기댄 건 처음 2년뿐이었다. 운게쓰의 '살아 있는 불상'이 널리 알려지는 것은 시간문제였다.

업계에 이름이 알려져서 수입이 어느 정도 수준으로 안정되었을 때 운게쓰에게도 여자가 생기고 아이가 생겨 자연스럽게 살림을 차렸다.

운게쓰는 아내도 아이도 무척 사랑했다. 그러나 일 관계로 알고 지내던 땡추중들과 어울려 다니며 여자를 만난 게 실수였다. 그 여자가 집으로 전화를 걸었고, 그 전화를 받은 아내는 이것저것 따져 묻더니 끝내 운게쓰의 코앞에 이혼 서류를 내밀었다. 휴대전화 통화 내역과 메일이 움직일 수 없는 증거였다.

운게쓰의 결혼 생활은 고작 3년도 채우지 못하고 끝나 버렸다.

아버지로서의 권리를 완전히 빼앗기고, 남은 것은 양육비 지급 의무뿐이었다.

홀몸이 된 운게쓰가 숲 속의 공방 '운게쓰암(雲月庵)'을 연 것은 10여 년 정도 전의 일이다. 원래 있던 낡은 농가를 조금 손질하고 그럴듯한 간판을 걸었을 뿐이지만.

두메산골이라 무엇을 하든 불편한 곳이긴 해도, 대신 집세가 거의 공짜나 다름없었다. 성가신 땡추중들과 얽힐 일이 없으니 좋고, 무엇보다 짙은 자연 속에서 맛있는 공기만 마시며 살 수 있다는 점이 마음을 끌었다. 요즘은 전화와 인터넷만 있으면 얼마든지 일할 수 있는 시대다. 더구나 운게쓰 정도의 기술이라면 말할 필요도 없다.

'운게쓰암'을 연 후 5년째 봄을 맞았을 때, 밤마다 요염한 자태의 검은 고양이가 마당에 들어왔다. 마을 사람들과 깊이 사귀지 않고 혼자 떨어져서 생활하던 운게쓰에게 자유롭게 오가는 고양이는 더없이 좋은 친구가 되었다.

운게쓰는 그 고양이에게 '야차'라는 이름을 붙여 주고 먹이도 주면서 '운게쓰암'의 일원으로 맞아들였다.

'야차'는 원래 인도의 사납고 악독한 귀신의 이름인데, 불교에서는 다문천왕의 권속 중 하나로 꼽는다. 운게쓰는 불상 만드는 건달이 기르는 고양이치고는 꽤 재치 있는 이름이라고 생각했다. 고양이도 자기 이름이 마음에 드는지 책상다리로 앉은 운게쓰의 다리 사이로 들어가 태평스럽게 잠들었다.

손에 막대기를 든 보살상의 마무리 작업이 착착 진행되었다.

운게쓰는 식사를 하거나 화장실에 가거나 잠을 자거나 산책할 때 외에는 늘 이 보살과 마주 보며 지냈다. 아침도 점심도 저녁도 없이, 조각하고 바라보고, 또 바라보고 조각하고……, 졸음이 극한에 이르면 아주 잠깐 눈을 붙였다가 잠시 후 잠에서 깨면 또 조각끌과 쇠망치를 잡았다.

벌써 한 달이 넘게 보살상 생각만 하고 살았더니 밤마다 꿈에 나타날 지경이었다.

그리고…….

앞마당의 산벚나무 꽃봉오리가 벌어지기 시작하던 어느 화창한 수요일 오후.

운게쓰는 손때 묻은 조각칼 여덟 자루를 토방의 작업대 위에 나란히 놓고 하나씩 순서대로 갈았다.

끌이나 조각칼 같은 날붙이는 평소에도 '기잉' 하고 울릴 것처럼 날카롭게 갈아 두지만, 이날의 운게쓰는 더욱 정성을 들였다. 희미하게 빛나는 날을 숫돌에 대고 온 마음을 다해 몇 번이나 몇 번이나 문지르는 모습은 어딘가 수행승 같아 보이기도 했다.

운게쓰는 한 시간을 족히 들여 다 갈고 난 후, 무서우리만치 예리해진 조각칼 여덟 자루와 함께 열은 청색의 일본 술 준마이다이긴조(純米大吟醸) 됫병과 인쇄된 사진 한 장을 공방으로 들고 갔다. 우선 압정으로 사진을 벽에 붙인다.

사진 바로 옆에 연필로 얼굴이 그려진 보살이 서 있다.

"자……. 드디어 마지막 즐거움만 남았어. 이제부터 당신의 얼굴을 조각해 주지."

운게쓰는 사진과 보살을 차례로 바라보며 가볍게 합장을 하고, 방금 연마한 조각도 중에서 커브가 완만한 환도를 골랐다.

후우…….

한차례 깊은숨을 내뱉으며 신경을 한군데로 모은 후, 스윽…… 하고 연필 선을 따라 조각도를 움직였다.

어느새 운게쓰의 발밑으로 야차가 다가와 있었다. 야차는 예의 바르게 앉아 운게쓰가 깎기 시작한 보살의 얼굴을 가만히 응시했다.

조용한 공방에 스윽, 스윽, 스윽…… 하는 조각도 특유의 날카롭고도 경쾌한 마찰음이 가득해진다.

운게쓰는 이따금 벽에 붙은 사진을 찬찬히 바라보며 비교한 다음 다시 보살의 얼굴에 조각도를 댔다. 그 과정을 끝없이 반복했다.

작업은 밤에도 계속되었다.

식사는커녕 물 한 모금 마시지 않고 마치 뭔가에 홀린 듯 조각도를 움직였다.

야차도 곁을 떠나지 않고 지켰다.

이윽고…….

공방의 창밖이 빛의 입자를 듬뿍 머금은 보라색으로 바뀔 즈음, 저 멀리 나뭇가지 끝에서 작은 새들의 노랫소리가 들려왔다.

어느새 날이 밝았다.

그때 운게쓰는 바닥에 양 무릎을 꿇고 아이의 눈높이가 되어 벽의 사진과 보살의 얼굴을 차분히 비교하고 있었다. 그러기 시작한 지 5분이 지났다.

야옹.

고양이 울음소리가 공방에 울려 퍼졌다.

운게쓰는 발밑에 있는 야차를 내려다보았다.

검은 털이 가지런하고 아름다운 고양이가 운게쓰 옆에 앉아 한동안 보살의 얼굴을 가만히 올려다본다.

"너도 알겠니?"

갈라진 목소리로 운게쓰가 중얼거렸다.

야차는 대답도 없이 천천히 앞다리를 접고 엎드린 채 주인을 쳐다본다. 검은 고양이의 몸에 조금 전까지 남아 있던 긴장감이 완전히 사라지고 없었다.

"그래……. 아까부터 살펴봤지만 말이야, 더 이상 손댈 곳이 없어."

운게쓰는 중얼거리면서도 보살에게서 눈을 떼지 못했다.

무릎걸음으로 천천히 보살을 향해 다가간다.

바로 코앞에 이르렀을 때 오른손을 뻗어 보살의 볼을 살짝 쓰다듬었다.

"이건 정말……. 혹시 살아 있는 거 아냐? 이렇게 아름다운 얼굴을 하고 말이지……."

말투는 거칠었지만 진심으로 소중한 것을 대하는 듯한 표정으로 보살의 얼굴을 부드럽게 어루만졌다.

"틀림없어……. 당신은 내 생애 최고의 걸작이야. 야차, 너도 그렇게 생각하지……?"

말하면서 검은 고양이를 돌아보는 운게쓰의 얼굴. 수염이 제멋대로 자란 볼 위로 굵은 눈물이 주르르 흐른다. 턱수염 끝까지 타고 내려온 눈물방울이 노송나무 톱밥으로 가득한 바닥에 떨어지면서 톡, 톡, 하고 희미한 소리를 냈다.

"빛만 깎았는데……. 어둠은 안 깎았는데……. 그런데 살아 있어."

야차는 또 야옹 하고 울더니 이번엔 몸을 동그랗게 말고 눈을 감았다.

"하하……. 너, 자고 싶구나."

운게쓰는 야차를 보고 눈물범벅인 얼굴로 미소 지었다.

그러고는 곧 완성된 보살 쪽으로 돌아섰다.

"그렇다면…… 간만에 한잔 할까? 이 맛없는 술을."

나직이 중얼거리며 푸른빛이 감도는 됫병의 목 부분을 잡았다.

병에 붙은 닥종이 스티커에 부드러운 필치의 붓글씨로 '준마이 다이긴조 고코로 코로코로'라고 적혀 있다.

어느새 창밖의 아침 해가 투명한 레몬색으로 바뀌었다. 신선한 빛이 공방 안으로 비스듬히 쏟아져 들어와 보살을 밝게 비춘다. 그 빛은 보살 뒤의 벽까지 비추며 거룩하게 퍼져 나갔다.

"크크크……. 후광이 비치는군."

운게쓰는 기적 같은 빛을 황홀한 눈으로 바라보면서 손에 든 됫병을 입에 대고 들이켰다. 목에서 꿀꺽 하고 소리가 났다.

그러고 빛나는 보살에게 말을 걸었다.

"조금 분하지만, 역시 당신이랑 마시면 이런 술도…… 맛있단 말이지."

햇살 속에서 빛나는 보살상의 얼굴이 눈물로 젖은 운게쓰를 보고 온화하게 미소 짓는 것 같았다.

1장

아이바 싱고의 '반딧불이'

부우우웅, 부릉부릉, 부르르릉!

총알처럼 빨랐던 속도가 쑥 떨어졌다.

나는 앞으로 꼬꾸라질 것 같아서 이를 악물었다. 바로 다음 순간, 전망이 왼쪽으로 덜컥 기운다.

흐어어억.

마음속으로 비명을 지르며 부러질 것처럼 연약한 나쓰미의 허리에 매달렸다. 평소에 시키던 대로 양쪽 무릎으로 나쓰미의 작은 엉덩이를 꽉 잡는다.

45도로 기울었던 부자연스러운 세상이 빙글 돌면서 평행이동하더니, 오토바이가 다시 조금씩 속도를 높이기 시작한다. 나쓰미는 아직 곡선 길을 빠져나가지도 않았는데 힘껏 스로틀을 당겼다.

주욱주욱주욱…….

내 바로 밑에서 회전하는 뒷바퀴가 원심력 때문에 바깥쪽으로 미끄러지는 게 느껴졌다.

기울었던 풍경이 바로 서자마자 나쓰미의 애마인 새빨간 HONDA CBX400F가 거의 롤러코스터처럼 부우우웅 하고 속도를 높여 숲 속 길을 달렸다. 80년대에 유행했던 복고풍 오토바이가 맞나 싶을 만큼 매끄러운 가속 능력이다. 연둣빛 풍경이 뒤쪽으로 휙휙 날아간다.

보소(房総) 반도의 산길은 생각했던 것보다 훨씬 꾸불꾸불했다. 산으로 들어선 순간, 나는 '큰일 났네. 아직 스물두 살밖에 안 됐는데 여기서 죽는 건가……'라고 후회했는데, 한 살 많은 연인인 스피드광 나쓰미는 '물 만난 물고기'처럼 풀페이스 헬멧 안에서 므흐흐흐 하고 희열에 찬 미소를 지었을 게 틀림없다.

나쓰미의 운전은 여전히 난폭하면서도 천재적이어서 가슴이 내내 벌렁벌렁했지만, 날씨만큼은 지극히 평화로웠다. 하늘은 맑고 계절도 봄과 초여름의 딱 중간쯤이어서, 오토바이를 타고 있어도 춥지도 않고 덥지도 않았다. 달콤하고 맑은 공기에, 산들은 신록으로 빛나고, 바람은 부드럽고 상쾌했다.

조금 천천히 달려 주기만 하면 좋겠는데…….

나는 눈앞의 헬멧을 손가락 끝으로 톡톡 두드렸다.

나쓰미가 속도를 조금 늦추면서 헬멧 실드를 올리고 뒤돌아본다.

"왜?"

나도 실드를 올리고 바람에 지지 않게끔 큰 소리로 말했다.

"조금 천천히 달리면 안 될까?"

"안 돼."

한마디로 거절당했다.

"왜 안 돼? 이렇게 빨리 달리면 좋은 촬영지 발견하기도 힘들어."

"조금만 참아."

또 커브 길이다. 차체가 확 기울었지만 이번엔 그리 심하지 않았다.

"조금만 참으라니, 도대체 왜?"

"……장실."

"응?"

"화장실 가고 싶다고!"

나쓰미는 그렇게 소리친 후 헬멧 실드를 내리고 앞으로 몸을 돌렸다.

다음 순간.

부르르릉!

다시 전속력으로.

나는 황급히 나쓰미의 가녀린 허리를 붙잡았다. 반올림하면 아직 스무 살인 젊은 목숨을 맡기기엔 너무나 미덥지 못한 허리였지만.

나쓰미가 오토바이를 세운 것은 그로부터 15분 정도 지난 후였다.

깊은 산속 모두에게 잊힌 듯 외따로 남은, 쓸쓸하고 자그마한 마을의 작고 허름한 가게 앞이었다.

시동이 꺼진 걸 확인하고 내가 먼저 안장에서 내려왔다. 헬멧을 벗는 순간 극한의 스릴에서 해방된 안도감으로 무심코 "하아" 하고 한심한 소리를 내고 말았다. 뱉은 숨을 들이마시면서 이번엔 깊이 심호흡을 했다. 숲과 흙냄새를 품은 공기가 무척 맛있었다.

나쓰미도 오토바이에서 훌쩍 뛰어내렸다. 날씬한 몸을 야무지게 움직여 묵직한 CBX400F의 메인스탠드를 세운다. 헬멧을 벗고 머리를 가볍게 좌우로 흔들어 어깨까지 오는 밤색 머리를 살랑살랑 풀더니, "싱고짱, 헬멧 좀 갖고 있어 줘."라며 나에게 훽 건네고 가죽 장갑을 벗으면서 가게 쪽으로 뛰어간다. 화장실을 가려는 것이다.

헬멧 두 개를 양손에 든 채 홀로 남겨진 나는 나쓰미가 들어간 가게를 아무 생각 없이 바라보았다.

1900년대의 향기가 느껴지는 예스러운 가게다.

목조 단층집의 정면 부분이 아담한 가게로 꾸며져 있고, 가게 앞에는 낡은 아이스크림용 냉동고가 설치되어 있다. 그 냉동고 앞에 등받이 없는 나무 의자가 아무렇게나 놓여 있다. 아마 벤치처럼 사용되는 모양이다.

주거 공간의 창문은 요즘 보기 드문 나무틀 유리창인데 목제 덧문까지 달려 있었다. 파란색 함석지붕은 전체적으로 기울어진 데다 군데군데 녹슬어 있다. 가게 앞에 놓인 원통형 우체통에서도, 처마 밑에 매달린 계절에 걸맞지 않은 녹슨 풍경에서도 고풍스러운 분위기가 물씬 풍긴다.

자세히 보니 풍경이 조금 독특한 모양이었다. 일반적인 종 모양이 아니라, 테두리가 다섯 등분되어 볼록 솟아 있다. 꼭 도라지꽃을 거꾸로 매달아 둔 것 같다.

나는 조금 시선을 들어, 가게 입구 위에 걸린 간판을 올려다보았다. 함석판에 페인트로 '다케야'라고 적혀 있다. 흰색 바탕에 검은색 붓글씨인데 쓸쓸하게도 색이 다 바랬고, 끝 쪽은 아예 페인트가 벗겨진 데다 녹까지 슬었다.

가게 뒤에는 대나무가 빽빽하게 자란 산이 우뚝 솟아 있었다. 그래서 가게 이름이 '다케야(竹屋)'인 모양이다. 어쩌면 이 가문의 이름이 '다케야'라서 가게 이름도 그렇게 지었는지도 모른다.

향수를 자아내는 '다케야'를 멍하니 바라보는데 부드러운 바람이 살랑살랑 불어와 내 목덜미를 기분 좋게 간지럽혔다.

그 바람이 '다케야' 뒤편 대나무 숲의 경사면을 순식간에 타고 올라가니 산 전체가 부르르 떨렸다. 흔들린 수천만 장의 대나무 잎들이 듣기 좋은 마찰음을 일으켰고 그 소리가 이번엔 대나무 숲에서 이쪽으로 미끄러져 내려온다.

딸랑…… 하고 처마 밑의 녹슨 풍경이 울었다.

바람이 멈추니 세상에서 갑자기 소리가 사라진 듯했다.

아주 짧은 순간, 시간이 멈춘 듯한 착각마저 들었다.

정말 조용한 곳이구나.

극한의 고요함에 내 마음이 어수선해졌다. 왠지 바람과 대나무 숲이 나누는 대화를 '본 것' 같은 느낌도 들었다. 이 환상적인 감각이 투어링의 본래 목적을 떠올리게 했다.

나는 양손에 들고 있던 헬멧을 가게 앞 나무 벤치에 놓고, 짊어졌던 배낭 안에서 캐논 카메라를 꺼냈다. 구식이지만 손질은 잘 되어 있다.

렌즈캡을 벗기고 전원을 켠다.

파인더를 들여다보며 자세를 취한다.

줌렌즈는 24밀리 광각으로 설정했다.

렌즈를 상하좌우로 천천히 흔들며 내 감성에 딱 맞는 구도를 찾는다.

바로 앞에 나쓰미의 빨간색 CBX400F와 헬멧 두 개가 있다. 그 뒤에는 옛 정취가 가득한 '다케야' 건물이 있다. 짙은 녹색으로 선명한 대나무 숲이 그 뒤로 펼쳐지고, 그 위엔 시원하게 트인 푸른 하늘이다. 하늘에는 도톰한 뭉게구름이 세 뭉치 떠 있다.

파인더 속의 그림은 예쁘기도 하지만 뭔가 깊은 맛이 느껴졌다.

하지만 2프로 부족했다.

나는 렌즈를 아주 조금 움직여, 오른쪽 구석에 원통형의 오래된 우체통을 배치해 보았다.

그러자 구도가 딱 맞아떨어졌다.

됐다! 마음속으로 쾌재를 불렀다.

마치 누군가의 오래된 기억 속에서 먼지를 뒤집어쓴 채 잠들어 있던 '고향'을 불러온 듯, 평화롭고 조용하고 보고만 있어도 그리워지는 풍경이었다.

나는 손맛을 느끼며 셔터를 눌렀다. 노출을 바꿔 가며 두 번 더 누른다. 액정으로 작품을 확인한 순간, 무의식중에 "좋구나!"라는 말이 튀어나왔다.

카메라는 전원을 끈 후 목에 걸었다.

나도 화장실에 가 두는 게 좋을 것 같아서 유리문을 드르륵 열고 가게 안으로 들어가 보았다.

어둑어둑한 가게에서 먼지 냄새가 조금 났다. 바닥에는 콘크리트가 그대로 드러나 있었다.

낡은 진열대엔 다양한 물건들이 무질서하게 놓였다. 장화가 있고, 식빵이 있고, 그 옆에는 일회용 젓가락이 있고, 바퀴벌레 약도 있다. 옛날 과자랑 다시마랑 통조림이 진열된 선반이 있고, 변기가 막혔을 때 시원하게 뚫어 주는 '뚫어뻥'도 있고, 부채, 목장갑, 물뿌리개, 부의금 봉투 같은 생활용품도 있다.

말하자면 동네 '만물상' 같은 곳인가 보다.

가게 안쪽에는 작동될까 의심스러운 구식 금전등록기가 있고, 그 뒤쪽은 바닥이 한 단 높은 공간으로 이어져 있다. 가게와 주거 공간이 계산대 뒤쪽에서 연결되는 모양이었다. 마루 아래를 보니 나쓰미의 부츠가 나란히 놓여 있다.

사람은 없었다. 너무 허술하다 싶지만, 시골이란 원래 그런 곳이다. 나가노(長野)에서 부모님이 운영하는 양조장도 마찬가지여서 계산대 뒤엔 늘 사람이 없었다. 손님이 부르면 그제야 "네네!" 하고 점원이 나온다.

나는 계산대 뒤쪽으로 돌아가서 슬쩍 집 안을 들여다보았다.

그 순간, 몸이 굳어 버렸다.

머리가 희끗희끗한 할아버지와 정면으로 눈이 딱 마주친 것이다. 할아버지는 둥근 밥상 앞에 앉아 찻잔을 손에 들고 묵묵히 이쪽을 보고 있었다.

"아, 죄, 죄송합니다, 멋대로. 갑자기. 저기……."

당황한 나머지 말이 제대로 나오지 않았다.

할아버지는 느긋하게 차를 한 모금 머금은 채 친근한 미소를 지어 주었다.

"같이 온 아가씨는 화장실에 갔어요. 할머니 안내로."

"아, 네. 감사합니다."

나도 화장실에 가고 싶다고 할까, 그냥 밖에서 해결할까 망설이는데, 딸랑, 딸랑, 하고 처마 밑의 풍경이 울었다.

"카메라가 굉장히 크네."

"아, 이거요……."

"그런 걸로 찍으면 예쁘게 나오는가?"

할아버지가 상냥한 말투로 물었다.

"네. 요즘 카메라는 성능이 좋아서요."

"그렇구먼. 보통 어떤 사진을 찍으시나?"

"여러 가지 찍는데요……. 주로 풍경이 많아요."

"산이나 바다, 그런 거?"

대화의 주제가 내 전문 분야로 흘러간 데다, 할아버지가 자아내는 뭐라 표현하기 힘든 따스함과 친근감 때문에 내 마음에도 여유가 생겼는지, 입에서 저절로 이런 말이 튀어나왔다.

"제가 찍은 거 한번 보실래요? 뒷면의 모니터로 볼 수 있어요."

"그래도 돼?"

웃는 할아버지의 얼굴에 더 큰 웃음이 담겼다. 눈꼬리에 깊은 주름이 새겨진다.

"좁지만 잠깐 들어오려나?"

나는 "그럼, 잠시 실례합니다."라고 말하고 다다미가 깔린 거실로 올라갔다. 모르는 사람 집에 이렇게 들어가는 건 처음이다. 조금 긴장하면서도 할아버지 옆에 앉아 모니터에 작품을 띄웠다.

조금 전에 찍은 '다케야'와 오토바이 사진이다.

"아, 죄송해요. 허락도 안 받고 찍었네요."

조금 죄송스러워하며 말했는데, 할아버지는 "괜한 소리. 전혀 상관없어. 그나저나 초가삼간이 이렇게 멋지게 찍혔네."라며 농담으로 대답해 주었다.

나는 한 장씩 과거의 작품으로 거슬러 올라갔다. 할아버지는 한 장면 한 장면에 반응하며 감탄의 한숨을 흘리다가, 이따금 내 얼굴을 들여다보면서 "자네, 정말 굉장한 사람이구먼." 하고 칭찬했다. 사진에는 문외한인 할아버지의 칭찬이라도 그런 말을 들으니 꽤 기뻤다.

복도 쪽에서 나쓰미의 유쾌한 웃음소리가 들린 것은 미나미보소(南房総)의 치쿠라(千倉) 해안에서 찍은 파도 사진을 보고 있을 때였다.

"이제 나왔나 보다."

할아버지의 말이 끝남과 동시에 나쓰미가 몸집이 아주 작은 할머니와 함께 거실에 나타났다. 할머니라는 단어가 어울리지 않을 만큼 귀여운 분이었다. 할아버지보다 연세가 훨씬 많아 보이는데, 혹시 어머니와 아들일까?

"어, 싱고짱, 뭐 해?"

나쓰미가 나를 보자마자 눈을 둥그렇게 떴다. 그 얼굴에 아직 웃음기가 남아 있다.

"이 젊은이, 사진 잘 찍네."

대답한 건 할아버지였다.

"어머나, 그렇다면, 사진작가 선생님인가?"

이번에는 자그마한 할머니가 물었고, 그 물음에 대답한 건 우습게도 나쓰미였다.

"아뇨, 아직 병아리예요. 사진작가 지망생. 지금 대학생인데, 꽤 잘 찍죠?"

"응, 잘 찍네. 실력이 대단한 것 같어."

할아버지가 대답했다.

"호오, 어디어디? 나도 좀 봐도 되려나?"

"싱고짱, 보여 드리지?"

이제 내가 대답할 차례다.

"물론." 하고 나쓰미에게 고개를 끄덕여 보인 후, "그 전에 화장실부터 좀 다녀올게요."라고 할머니에게 말했다.

"아, 그럼, 나쓰미가 화장실까지 안내해 줄래요?"

"네에."

이미 할머니와 통성명까지 마친 듯한 나쓰미는 자기 고향에 온 것처럼 편안한 목소리로 대답했다. "이쪽이야."라며 마치 자기 집인 듯이 복도를 걷는다.

어릴 때부터 숫기가 없고 소심했던 나는 밝고 순수하고 붙임성 있는 나쓰미의 성격이 이따금 부러워진다. 유치원 교사로서 매일 아이들과 함께 지내니, 나쓰미의 마음도 저절로 활짝 열리는 걸까?

"여기야."

모퉁이를 돌아서 복도 끝에 화장실이 있었다.

"땡큐."

"나는 할머니랑 사진 보고 있을게."

나쓰미는 뒤로 휙 돌아서 가 버렸다.

나는 옛날식 화장실 앞에 있는 남자용 소변기에서 볼일을 마쳤다.

화장실에서 돌아오니 나쓰미를 중심으로 하여 세 사람이 사이좋게 차를 마시면서 내 사진을 구경하고 있었다.

"화장실 잘 썼습니다."

세 사람이 동시에 얼굴을 들어 나를 본다. 나는 고개를 꾸벅 숙였다.

"자네도 여기 와서 앉게나."

할머니가 말하면서 뜨거운 엽차를 건네주었다.

찻잔을 들었을 때 문득 내 기분마저 따스해지는 것을 느꼈다. 찻줄기(엽차를 찻잔에 부을 때 세로로 서는 차의 줄기. 일본에서는 길조로 여긴다 : 옮긴이)가 서 있었던 것이다. 늘 페트병에 든 차만 마시는 대학교 3학년 자취생인 내가 마지막으로 찻줄기를 본 건 대체 몇 년 전일까? 그런 생각을 하면서 추억의 맛이 느껴지는 엽차를 홀짝였다.

한동안 내 사진을 보면서 이런저런 잡담을 나누다가 서로에 관해 하나하나 묻기 시작했다.

내가 예상한 대로 할머니와 할아버지는 엄마와 아들 사이였다. 이 깊은 산속에서 조용히 둘이서만 살고 계셨다.

할아버지의 이름은 후쿠이 게조. 연령은 62세.

할머니는 후쿠이 야스에 씨. 84세였다.

사진을 대충 다 보고 난 후 할아버지가 나를 보고 묻는다.

"허허, 멋진 구경 잘 했네. 이렇게 사진 찍어서 대회 같은 데 나가기도 하나?"

"예, 그런데, 아직 아마추어라서……."

대답은 했지만 말끝을 흐리고 말았다.

"내년에 제작해야 할 졸업 작품 주제를 찾으면서 일단 다양하게 찍어 보고 있습니다."

그 주제 찾기가 오늘 투어링의 목적이다.

"싱고는요, 국제 예술대학 사진학과에 다녀요. 혹시 아세요?"

비교적 유명한 대학인데도 할아버지와 할머니는 조금 미안한 듯 얼굴을 마주 보며 고개를 저었다.

나쓰미는 그래도 기죽지 않았다.

"그 사진학과 졸업 작품에서 1등으로 뽑히면 취직 걱정 없어요. 그래서 지금부터 좋은 작품을 마구 찍어 대고 있답니다. 아, 내가 그렇다는 건 아니지만."

나쓰미는 그렇게 말하고 혼자 킥킥 웃었다.

그런 나쓰미를 할아버지와 할머니는 손주를 대하는 듯한 눈으로 바라보았다. 그 눈이 곧 내게로 향한다.

"싱고 군은 장래에 사진작가 선생님이 되겠구먼."

머리가 희끗희끗한 할아버지가 기쁘게 웃으면서 먼 미래를 바라보는 듯한 눈을 했다. 자그마한 할머니도 높은 사람을 우러러보듯 나를 올려다본다.

"아, 아뇨, 선생이라 불릴 만한 사진작가가 될 수 있을지는 아직……."

그보다…….

내가 사진으로 먹고살 수 있을까? 같은 과 친구들은 다양한 대회에 응모하여 하나둘 상을 타는데, 혼자만 아직 하나도 받지 못했다는 우울하기 그지없는 현실이 내 눈앞을 가로막고 있다. 아마추어인 대학생들 사이에서도 뒤처지는데, 프로로서 활동할 수나 있을까? 그런데 할아버지와 할머니는 이미 훌륭한 사람이라도 보는 듯한 눈빛이다.

나는 별안간 엉덩이가 근질거려서 빈 찻잔에 입술을 댔다.

그런 나를 보던 나쓰미가 "또! 쑥스러워하긴." 하면서 내 관자놀이 부위를 집게손가락으로 콕 찔렀다. 할아버지와 할머니가 소리 내어 웃고, 나도 그에 이끌려 에헤헤 하고 실없이 웃어 버렸다.

딸랑, 딸랑.

처마 밑의 풍경이 투명한 소리를 연주한다.

다음 순간, 적갈색 기둥에 걸린 낡은 추시계가 뎅, 뎅, 뎅 하고 세 번 울었다.

넷이 동시에 시계를 올려다본다.

"어, 벌써 3시다. 싱고짱, 슬슬 가 볼까?"

"그래야겠네."

"이제 가려는가?"라고 할아버지가 말했다.

"네, 괜찮은 촬영지를 아직 못 찾았어요."

나쓰미가 일어서면서 말했다. 나도 일어난다.

"싱고 군은 강은 안 찍나?"

"아뇨, 찍습니다. 아름다운 풍경이라면 어디든."

"다음 달이면 바로 저기 있는 강에 반딧불이가 많이 날아다닐 거야. 참 예쁘지."

반딧불이라……. 좋을 것 같다.

내가 그렇게 생각했을 때, 나쓰미가 "와앗, 반딧불이, 멋지다!"라고 외치면서 오른손으로 입을 가리는 시늉까지 한다.

"싱고짱, 다음 달에도 오자."

나는 고개를 끄덕이며 엄지손가락을 세웠다.

"오려면 중순 이후가 좋아. 장마철이니 비 오는 날은 피해서 오고."

할아버지가 앉은 채로 나를 올려다보고 말했다.

"네. 그럴게요."

"할머니, 그럼 다음 달에 또 올게요. 저, 반딧불이 처음 봐요. 기대된다."

할머니도 "그래. 기다리고 있으마."라고 한 후 "어이차" 하고 일어났다.

할아버지는 앉은 채로 “조심해서 가거라.”라고 하면서 친근한 미소를 지어 주었다.

할아버지만 집에 남고 세 사람은 밖으로 나왔다.

“미안하네, 모처럼 왔는데 대접도 못하고.”

할머니가 눈썹을 팔자로 내리며 말했다.

“무슨 말씀이세요, 할머니. 화장실도 쓰게 해 주셨고 차도 마셨는걸요. 정말로 감사합니다.”

나쓰미가 할머니를 살며시 안았다. 자그마한 할머니의 얼굴이 나쓰미의 가슴에 묻힌 채, 어머나, 하고 웃는다.

“할아버지께도 인사 전해 주세요.”

내가 말하자 할머니는 주름진 얼굴에 웃음을 담고 이쪽을 보았다가, 그 웃음을 조금도 무너뜨리지 않고 가게 쪽으로 눈길을 돌리며 말했다.

“저 애는 몸이 안 좋아서 못 나오는 거야. 오늘은 자네들을 만나서 무척 기쁜가 보더라. 정말로 또 와요.”

“네, 또 올게요. 그때까지 건강히 계세요.”

나쓰미는 오른손으로 할머니의 손을 잡고 왼손으로는 그 쭈글쭈글한 손등을 쓰다듬으면서 말했다.

풍경 소리를 신호로 우리는 헤어졌다.

나쓰미가 오토바이를 천천히 몰기 시작한다.

나는 시트에 앉은 채 뒤돌아서 손을 흔들었다.

첫 모퉁이를 돌아 모습이 보이지 않을 때까지, 할머니는 '다케야' 앞에 서서 줄곧 우리를 지켜보았다.

6월에 접어들어 일기예보에서는 장마철의 시작을 알렸지만, 도쿄에는 거의 비가 내리지 않았다. 공교롭게도 반딧불이를 보러 '다케야'에 가기로 한 주말에 장마전선이 형성되어 토요일에도 일요일에도 큰비가 내렸다.

아무리 애써도 날씨만은 어떻게 할 수 없으니 얌전히 각자의 집에서 지내면서 다음 주말을 기대하기로 했다. 나는 찍어 둔 사진 데이터를 정리하고, 나쓰미는 유치원의 칠석날 행사 준비를 하면서 시간을 보냈다.

다음 주말에는 기다렸다는 듯 푸른 하늘이 펼쳐졌다.

정확히 정오에 오토바이를 타고 내 아파트에 나타난 나쓰미가 하늘을 가리키며 이렇게 첫마디를 던진다.

"내가 평소에 착한 일을 많이 해서 그래."

지난주의 날씨는 내 탓으로 돌릴 셈일까?

지난밤 일기예보에서 오늘은 '흐리고 가끔 비'라고 했기 때문인지, 보소 반도로 향하는 길에 차가 그리 많지는 않았다. 나쓰미는 오랜만에 타는 CBX400F의 감촉을 만끽하면서 차 사이를 누비며 앞서 가는 차들을 휙휙 추월했다.

도중에 휴게소에서 점심을 먹고 수국이 아름답기로 유명한 사원에서 사진도 찍었지만, 해지기 전에는 '다케야'에 도착할 수 있었다.

나쓰미는 한 달 전처럼 가게 앞에 오토바이를 세웠다. 초등학생으로 보이는 두 아이가 가게 안에서 그 소리를 듣고 뛰쳐나왔다.

큰 아이는 까까머리 소년이었다. 굵고 진한 눈썹과 좁은 이마가 인상적인 소년은 표정만으로도 장난꾸러기 같아 보였다. 작은 아이는 포동포동 발그스레한 뺨과 동글동글한 쌍꺼풀눈이 사랑스러운 단발머리 소녀다. 둘 다 허름한 운동복을 입고 발에는 고무장화를 신었다.

오토바이에서 내려 헬멧을 벗는데, 까까머리 소년이 까만 눈동자를 반짝반짝 빛내며 묻는다.

"왜 여자가 운전해요?"

"응……?"

갑작스러운 질문에 대답할 말을 찾기도 전에 여자아이가 똑같이 따라 한다.

"왜 여자가 운전해요?"

소녀가 이를 드러내며 싱긋 웃었다. 다람쥐를 닮은 얼굴이라고 생각했다.

"히토미, 오빠 따라 하지 마."

"깔깔깔깔. 히토미, 오빠 따라 하지 마."

또 따라 한다.

"뭐야."

"뭐야. 캬캬캬캬."

아이들은 우리를 호기심 어린 눈으로 곁눈질하면서 장난을 쳤다.

"얘들아, 안녕."

내 뒤에서 헬멧을 벗은 나쓰미가 한없이 밝은 목소리를 냈다. 아이들이 좋아할 것 같은 목소리. 역시 유치원 선생이다.

"안녕하세요!"라고 씩씩하게 대답한 것은 히토미라는 소녀였고, 오빠는 조금 쑥스러운지 헤헤 하고 웃기만 한다.

"몇 학년이니?"라고 나쓰미가 물었다.

"히토미는요, 1학년이고요, 오빠는 4학년이에요."

히토미는 주인이랑 놀고 싶은 강아지처럼 깡충깡충 뛰면서 대답했다.

"집은 이 근처니?"

"바로 저기 술 파는 집!"

이번에는 오빠가 대답하면서 뒤쪽을 가리켰다.

나쓰미와 내가 손가락이 가리키는 쪽을 본 순간, 오랜만에 듣는 따스한 목소리가 가게 쪽에서 들렸다.

"어머나, 이게 누구신가?"

할머니의 목소리였다.

"다쿠야, 히토미, 언니랑 오빠한테 인사했니?"

"히토미는 했는데 오빠는 안 했어요. 아, 오빠는 오늘 아침에도 안녕히 주무셨어요, 인사 안 했어요."

그렇게 말하는 히토미가 진짜 귀여워서 어른들은 소리 죽여 웃었다.

다쿠야라는 소년은 멋쩍은 듯 "자기는 뭐……."라고 얼버무리더니 씹고 있던 껌으로 풍선을 훅 불었다. 그 풍선이 부풀어 오르다가 팡 터져서 소년의 코에 철썩 달라붙자, 이번엔 모두 같이 웃음을 터뜨렸다.

저녁 6시 반이 지나, 우리는 반딧불이를 보기 위해 손전등을 들고 가게를 나섰다. 여기서 '우리'란 나와 나쓰미, 할머니, 할아버지, 네 사람이다. 다쿠야와 히토미는 먼저 강에 가서 놀고 있겠다며 30분 전에 나갔다. 이 아이들은 할머니의 죽은 막내 남동생의 손주들이라고 했다.

나쓰미와 나는 이날에야 할아버지가 서 있는 모습을 보았다. 처음에는 적잖이 놀랐다.

할아버지는 오른손으로 지팡이를 짚고 비틀비틀 좌우 비대칭으로 위태롭게 걸었다.

오래전 뇌와 척수에 큰 부상을 입은 후로 좌반신이 마음대로 움직이지 않게 되었다고 한다. 대수술을 하고 한동안 재활 치료를 열심히 받은 덕분에 가까스로 걸을 수는 있게 되었지만 완치는 불가능했던 모양이다.

반딧불이가 날아다니는 지점이 어딘지는 할아버지가 잘 알고 있었다. 우리는 할아버지 뒤를 따라 걸었다.

지팡이를 짚은 할아버지의 마비된 왼손을 엄마인 할머니가 아래에서 받치듯 살짝 잡고 걷는다. 두 사람은 천천히, 천천히 반걸음씩 앞으로 나아갔고, 자주 쉬는 시간을 가졌다. 나쓰미와 나는 그 뒤를 아무 말 없이 따랐다.

전방의 산마루에 석양이 걸렸다가 조금씩 가라앉으니 하늘이 멋진 파인애플색으로 물들었다. 손을 잡고 걷는 연로한 모자의 자그마한 뒷모습이 아련한 실루엣을 이루면서 논두렁길에 기다란 그림자를 드리웠다.

나는 캐논을 들고 그 뒷모습을 찍었다.

카메라를 넣자 나쓰미가 "자, 우리도"라고 한다.

"응?"

"손……."

조금 쓸쓸한 미소를 지으며 나쓰미가 살짝 내 오른손을 잡았다.

"왜 그래?"

나는 그 부드러운 손을 평소보다 다정하게 감쌌다.

"아니, 그냥."

앞서 걷는 두 노인의 뒷모습을 멍하니 바라보며 우리도 천천히, 천천히 반걸음씩 석양 아래를 걸었다.

"저쪽이야."

여기까지 20분 걸렸다. 우리 걸음이라면 3분도 안 될 거리였다.

다쿠야와 히토미가 길 끝 쪽의 돌로 만들어진 작은 다리 위에서 "우리 여기 있어요!"라고 외치며 손을 흔든다. 나쓰미도 내 손을 놓고 양손을 흔들면서 "그래!"라고 대답한다.

"저 다리 위에서 보는 건가요?"

나는 앞에서 걷는 할아버지께 물었다.

"그래도 되고, 강가로 내려가면 반딧불이가 바로 앞에서 보이니까 더 예뻐."

"와아, 신난다. 나, 정말 기대돼. 가슴이 다 두근거리네."

나쓰미가 들뜬 목소리로 말했다.

그때 할아버지가 발을 딱 멈추고 나쓰미 쪽을 보며 길가를 손가락으로 가리켰다.

"나쓰미, 저기 있는 하얀 꽃, 줄기째로 하나만 꺾어 다오."

꽃잎의 길이가 5센티 정도 되는 예쁜 종 모양의 꽃이었다. 줄기 하나에 꽃이 다섯 송이 피었는데, 한 송이 한 송이 단아한 표정으로 고개를 숙이고 있다.

"이 꽃이요?"

"응, 그거. 초롱꽃이라고 한단다."

나쓰미는 줄기 아랫부분을 잘라서 꽃을 손에 들었다.

"뭐 하시려고요?"라고 내가 물으니, 할아버지는 "아직 비밀이야. 나중의 즐거움으로 남겨 두지."라며 싱긋 웃었다.

아이들이 또 다리 위에서 크게 손을 흔든다.

"지장 할아버지!"라고 부르는 다쿠야.

"야스 할머니!"라고 부르는 히토미.

"그래."라고 할아버지가 웃는 얼굴로 답한다. 할머니는 가슴 앞에서 살짝 손을 흔들었다.

마을 사람들은 할아버지를 모두 '지장 할아버지'라고 부른다. '다케야' 앞 정류장에는 버스가 하루 두 번 서는데, 매일 아침 그곳에 서서 버스로 등교하는 아이들을 웃으며 배웅하는 할아버지의 모습이 마치 지장보살님 같다고 하여 그런 별명이 붙었다고 한다. 그러고 보니 짧게 깎은 머리와 친밀한 웃음이 지장보살을 닮은 것 같기도 했다.

나쓰미가 초롱꽃을 손에 든 채 묻는다.

"우리도 지장 할아버지, 야스 할머니라고 불러도 돼요?"

할머니는 "호호호" 하고 웃으며 "그것도 좋겠구나. 익숙한 이름이니."라고 말했다. 할아버지는 유쾌한 웃음으로 대답을 대신했다.

돌다리는 생각보다 작고 낮았다.

난간 너머 상반신을 내밀고 눈앞에서 흐르는 폭 5미터 정도의 맑은 강을 내려다보니 물속에서 재빨리 헤엄치는 수많은 물고기의 등이 보였다.

그러나 나쓰미와 내가 "앗!" 하고 소리 지른 이유는 물고기 때문이 아니었다.

양쪽 강기슭에 울창한 나무들이 가득하여 이미 꽤 어둑어둑해진 강 위로 무수한 녹색빛이 둥실둥실 떠 있는 것이다.

반딧불이가 적어도 백 마리는 되어 보였다.

"굉장하다. 진짜 예뻐……. 이런 거 처음 봤어."

나쓰미는 숨을 삼킨 채 그 신비로운 광경을 내려다보았다.

나도 마찬가지였다. 후 불면 사라져 버릴 것처럼 섬세하고 환상적인 아름다움에 나도 그만 멍해지고 말았다.

"싱고 군, 얼른 사진 찍어야지."

할아버지의 말에 가까스로 정신을 차렸다.

배낭에서 카메라를 꺼내어 1600 고감도로 설정한 후 파인더를 들여다본 순간, 비일상적으로 깜박이는 녹색빛에 저절로 한숨이 흘러나왔다. 그 후로는 넋을 잃은 채 셔터만 계속 눌러 댔다.

아이들이 강가로 내려간다. 잠자리채를 손에 든 다쿠야가 반대쪽 손으로 히토미를 끌면서 첨벙첨벙 얕은 강물 속을 걷는다. 그 정경이 아주 좋아서 나는 잇따라 셔터를 눌렀다.

"싱고랑 나쓰미도 한번 내려가 보거라. 이렇게 양손으로 감싸듯이 반딧불이를 잡고 초롱꽃 안에 살짝 넣어 봐. 정말 예쁘단다."

할아버지가 불편한 왼손을 움직여 반딧불이 잡는 시늉을 했다.

"네. 그럴게요."

우리는 다리 옆의 급경사 길을 미끄러지지 않도록 조심조심 내려갔다.

강가에 서자 그곳은 별세계였다.

어둠 속에서 나쓰미와 나는 깜박이는 초록빛에 빙 둘러싸여 있었다. 시원한 강바람과 듣기 좋은 물소리, 숲과 강의 산뜻하고도 달콤한 향기.

그리고 반딧불이, 반딧불이, 반딧불이.

"굉장하다……."

"눈으로 보고도 못 믿겠어. 꿈같아."

나는 눈앞으로 둥실둥실 날아온 반딧불이를 살짝 잡았다. 감싸쥔 양손의 손가락 사이로 부드러운 초록빛이 새어 나온다. 손을 조금 벌리고 자세히 보니 몸길이가 1.5센티 정도 되는 종이었다. 맑은 물가에서만 자라는 귀중한 반딧불이다.

"나쓰미, 초롱꽃에 넣어 보자."

"응."

나는 나쓰미가 들고 있는 초롱꽃의 하얀 꽃잎 속으로 반딧불이를 조심스레 넣어 보았다.

다음 순간, 우리 입에서 "하아!" 하는 감탄의 한숨이 흘러나왔다. 그저 황홀했다.

하얀 꽃잎 속에서 반딧불이가 반짝이면 꽃잎 자체가 환상적인 초록빛을 발하는 듯 보였다.

"왠지, 요정들이 사용하는 등불 같아……."

나쓰미는 유치원 교사답게 그림책에서나 볼 수 있는 표현을 썼지만, 내가 생각해도 전혀 과장이 아니었다.

"나쓰미, 꽃을 얼굴 앞에 들고 있어 봐."

"응."

나는 카메라를 들고, 희미한 녹색으로 빛나는 초롱꽃과 황홀한 눈으로 바라보는 나쓰미의 옆얼굴을 한 장의 사진에 담았다.

액정 모니터로 그 사진을 확인하면서 "나 원 참……." 하고 스스로를 비웃었다.

나는 역시 나쓰미에게 푹 빠져 있었다.

7월 중순이 지나고…….

나쓰미와 나는 장마가 끝나자마자 다시 '다케야'를 찾았다.

이번에는 촬영을 위해서가 아니라 청소와 수리를 위해서였다.

나의 똥차 스즈키 왜건R에 양동이, 청소기, 걸레, 곰팡이 제거제, 창문 닦이, 공구, 또 두 사람이 잘 수 있는 이불까지 꾹꾹 싣고 안전 운전을 고수하며 천천히 달렸다.

반딧불이 잡기 놀이를 했던 그날, '다케야'로 돌아온 내가 감동이 채 식지 않은 목소리로 "이 마을과 자연을 테마로 졸업 작품을 만들어 볼까?"라고 속마음을 표현했더니, 지장 할아버지가 싱긋 웃으며 "그럼 우리 별채를 빌려줄 테니 편할 대로 지내면서 마음껏 찍어 보게."라고 예상조차 하지 못했던 제안을 건넸다.

좋은 풍경 사진을 찍기 위한 최소한의 조건이 있다. 셔터 찬스를 놓치지 않으려면 카메라맨이 바로 그 순간 그 장소에 있어야 한다. '다케야'의 별채를 빌려서 촬영 포인트 한복판에 머무를 수 있다면, 왔다 갔다 하면서 찍는 카메라맨과는 비교가 되지 않을 정도로 셔터 찬스가 많아진다.

"정말 그래도 되나요?"

나는 할아버지와 할머니를 번갈아 보았다.

야스 할머니도 "좋다마다. 좁은데 괜찮겠나?"라며 웃다가 "더러워서 일단 청소부터 해야 할 거야."라고 덧붙였다.

"신난다. 싱고짱, 같이 청소하자."

나쓰미는 아이처럼 까만 눈동자를 빛냈다.

"응, 그러자."

나쓰미와 나는 여름방학 동안 '다케야'의 별채에서 살아 보자는 참말로 설레는 계획을 지금부터 세우려 한다.

별채를 실제로 보러 가 보니 수십 년간 창고처럼 방치했는지 두 평 남짓한 방 두 개가 먼지투성이에다 구석에는 거미줄까지 있었다. 창문은 비뚤어져서 열고 닫기가 힘들고, 방충망은 너덜너덜해서 이대로라면 모기가 제집처럼 드나들 것 같다. 현관의 미닫이문 레일이 빠져 있어서 별채 안으로 들어가는 것부터 고생이었다.

대충 살펴봤을 뿐인데도 고쳐야 할 곳이 산더미 같았다. 청소를 철저히 하지 않으면 도무지 사람 살 곳이 못 되었다.

그리하여 나쓰미와 둘이서 꼬박 이틀을 투자하여 깨끗이 청소하기로 합의했다.

청소를 시작하고 얼마쯤 후에 다쿠야와 히토미가 도와주러 왔다. 처음에는 별 도움이 안 될 줄 알았는데, 유치원 교사인 나쓰미가 지도력을 발휘하자 기대 이상으로 활약해 주었다.

물기를 꼭 짠 걸레를 건네면 둘이서 바닥을 구석구석까지 닦아 주었고, 의자에 올라가서 형광등을 교환할 때는 새 형광등을 들고 있다가 건네주기도 했다. 양동이의 물도 부지런히 갈아 주었다. 시키지도 않았는데 툇마루에 물을 뿌리고 수세미로 문질러 반짝반짝 닦아 줬을 때는 아이들의 잠재력에 감동하기까지 했다.

아침부터 시작하여 점심때가 되자 땀을 어찌나 많이 흘렸는지 셔츠가 등에 철썩 달라붙었다. 하지만 땀의 양에 비례하여 별채가 깨끗해지니 기분은 상쾌했다.

점심 메뉴는 야스 할머니가 만들어 주신 주먹밥과 차가운 보리차였다. 주먹밥에 들어간 재료는 달콤 짭짤한 머위와 시큼한 매실장아찌. 피곤해서 그런지 더 맛있게 느껴졌다.

점심 휴식을 끝내고 오후 작업에 들어간다.

청소는 기본적으로 나쓰미가 담당하고, 나는 수리에 전념했다. 사진으로 돈을 못 벌 것 같으면 공예 쪽으로 나가는 것도 나쁘지 않겠다고 생각했을 만큼 나는 손재주가 좋았다. 대패, 끌, 쇠망치 따위를 이용하여 목공점에서 사 온 부품들을 파손된 곳에 척척 끼워 넣었다.

오후 3시가 되자, 다쿠야와 히토미의 부모님이 삼각형으로 자른 수박을 잔뜩 들고 찾아왔다.

아버지 야스하루 씨는 자신을 34세라고 소개했는데, 무척 차분한 분인 것 같았다. 햇볕에 그을린 얼굴은 내내 싱글벙글 웃고 있었지만 원래 과묵한 성격인지 말을 거의 하지 않았다. 이 마을에서 태어나 자란 그는 자그마한 논밭을 경작하면서 주류점을 운영한다고 했다.

부인의 이름은 미카(美香) 씨. 서른 정도로 보였는데, 이름 뜻대로 아름다운 향기가 느껴질 듯한 미인이었다. 뭐라고 딱히 표현하기 힘든 어른으로서의 색향이 풍겨서, 화장기 없는 맨얼굴에 머리를 대충 묶었는데도 귀밑머리가 묘하게 매력적으로 보였다. 만약

이 사람이 화장을 하고 예쁘게 차려입는다면 연예인처럼 눈에 띄지 않을까? 그렇게 생각될 정도로 이목구비가 또렷했다. 농번기엔 밭일도 거들지만, 대체로 가게를 지키거나 육아에만 전념하는 모양이었다.

나는 '다케야'의 손바닥만 한 뒤뜰에 파이프 다리가 달린 낡은 테이블을 꺼내고 그 위에 수박을 나란히 놓았다.

다쿠야에게 할아버지와 할머니를 모시고 오라고 하여, 여덟 명이 사이좋게 모기한테 뜯겨 가면서 달달하고 싱싱한 여름의 맛을 즐겼다.

저녁쯤에는 사람이 살 수 있을 만한 집의 모습이 그럭저럭 갖춰졌다.

할아버지가 차로 5분 정도 걸리는 곳에 있는 시골 속의 온천 '쓰쿠요미(月夜見)장'을 소개해 줘서, 하루 종일 흘린 땀도 씻을 겸 바위틈의 노천탕에 들어가 느긋하게 발 뻗고 쉬었다.

나는 탕 안에서 밤하늘을 바라보았다.

숲 속 나무들의 실루엣 위로 크림색 반달이 떠 있고, 밤하늘 전체에 셀 수조차 없을 만큼 많은 별이 반짝였다. 수증기로 눈앞이 뿌옇지만 않다면 은하수가 흐르는 소리마저 들릴 것 같은 밤하늘이었다.

노천탕엔 다른 손님이 아무도 없었다. 전세 낸 것 같은 상태로 혼자 즐기다가, 판자벽 너머 여탕을 향해 말을 걸어 보았다.

"나쓰미, 거기 있어?"

"응, 있어."

"정말 최고다, 이 목욕탕."

"엄청 기분 좋지? 달도 예쁘고."

만족스러운 목소리가 돌아왔다.

나도 같은 달을 올려다보며 말했다.

"이 목욕탕에 매일 올 수 있어. 정말 행복하지 않아?"

"그치? 다 지장 할아버지의 인덕이야. 주인 할머니도 좋은 분 같고."

이 온천의 여주인은 지장 할아버지의 초등학교 시절 친구인데 우리를 맞으러 바깥까지 나오셨다. "그 친구 소개로 왔으면 싸게 해 줘야지. 다케야에 있는 동안에는 100엔만 내고 이용해요."라고 통 크게 말하면서 윙크까지 찡긋 날려 주었다.

"왠지 있잖아, 다케야 주변에는 좋은 사람들만 있는 것 같아."

"그러게. 때 묻지 않았다고 할까, 모두 순수하고 따뜻한 분들이야."

나는 마음속으로 '정말로 그래.'라고 생각하며 살며시 눈을 감았다. 눈꺼풀 안쪽에 지장 할아버지와 야스 할머니의 웃는 얼굴이 떠올랐다.

바람이 숲을 훑고 내려왔는지 나무들이 바스락바스락 소리를 낸다.

"하아……."

내 몸과 마음이 흡족하니 한숨이 저절로 나왔다.

설마 다음 날 이 마을에서 순수하지도 않고 따뜻하지도 않은 사람을 만나게 될 줄은 눈곱만큼도 생각지 못했다.

다음 날에도 이른 아침부터 청소와 수리 작업을 시작했다.

점심시간이 지난 후 나쓰미와 나는 차로 30분을 달려 해변 상점가까지 가서 쓰레기봉투, 나사못, 페인트, 숯돌 가루, 모기향, 방충망 등 부족한 재료를 사 가지고 다시 '다케야'로 돌아왔다.

"자, 또 힘내 볼까?"

"그래. 파이팅!"

서로에게 응원을 보내며 별채에 들어가려다 보니, 현관 주변에 잡초가 깔끔하게 제거되어 있었다.

"이거, 다쿠야랑 히토미가 뽑아 준 건가?"

"아마 그렇겠지?"

'다케야' 뒤편에서 아이들 목소리가 들리는 듯하여 한번 불러 보았다.

"얘들아, 다쿠야, 히토미."

아이들이 "왜요? 왜요?" 하고 까불면서 달려왔다. 다쿠야가 자랑스러운 얼굴로 방금 잡았다면서 도마뱀을 쑥 내민다. 꼬리가 파랗게 빛나는 다섯줄도마뱀이었다.

"잡초 뽑아 준 게 너희 둘이야?"

나쓰미가 물으니 둘이 입을 맞춰 "네!" 하면서 씨익 웃는다.

"오오, 고마워. 덕분에 큰일 덜었네. 형이 돈 줄 테니까 아이스크림이라도 사 먹고 올래?"

나는 청바지 주머니에서 동전을 꺼내어 다쿠야의 손에 쥐여 주었다.

"와, 신난다! 싱고짱, 최고!"

다쿠야가 두 주먹을 불끈 쥐고 흔들었다. 언제부턴가 아이들에게까지 '싱고짱'이라 불리고 있지만, 기분이 나쁘지는 않았다.

나는 다시 말을 이었다.

"민들레는 그대로 놔뒀네? 이건 왜 안 뽑았어?"

깔끔해진 현관 앞에 키 작은 민들레가 딱 세 송이 남아 있었다.

히토미가 대답한다.

"있잖아요, 지장 할아버지가요, 민들레 좋아하시거든요."

마침 그때 뒷문 쪽에서 지장 할아버지가 지팡이를 짚고 걸어 나왔다.

"어떤가? 잘돼 가나?"

"넵, 잘돼 갑니다."

나쓰미가 밝은 목소리로 대답하며 나를 돌아본다.

"이제 조금 남았지?"

"응. 저녁쯤엔 끝날 것 같습니다."

"그렇군, 수고 많았어."

할아버지는 그동안의 성과를 보고 싶었는지 별채 쪽으로 가다가 현관 앞에 이르러 문득 멈췄다.

"어, 다쿠야랑 히토미가 잡초를 뽑아 줬구나."

"네. 민들레는 잘 남겨 뒀어요. 여기 보세요, 이거랑, 이거랑, 이거!"

히토미가 할아버지 옆에 쭈그리고 앉아서 민들레 세 송이를 차례차례 가리킨다.

"참 착하구나."

무릎을 펴고 일어난 히토미의 단발머리를 할아버지가 톡톡 다정하게 두드리듯 쓰다듬었다. 그러고 혼잣말처럼 중얼거린다.

"민들레는, 좋은 꽃이야."

나, 나쓰미, 다쿠야, 히토미 모두 할아버지의 얼굴을 보았다.

처마 밑의 풍경이 딸랑…… 하고 운다.

"할아버지, 민들레 좋아하시나 봐요?"

나쓰미가 물었다.

"아무렴. 좋아하지. 민들레꽃은 죽으면서도 수많은 생명을 하늘에 둥실둥실 날려 주지 않니? 그래서 참 멋진 꽃이라는 생각이 들더구나."

지장 할아버지는 땅에 있는 민들레를 보지 않고 반대로 하늘을 보며 말했다. 이때 왠지 내 가슴속 깊은 곳이 조금 쓰라렸다. 할아버지의 미소가 평소보다 쓸쓸했기 때문인지도 모르고, 나쓰미의 옆얼굴이 조금 걱정스러워 보였기 때문인지도 모른다.

미지근한 바람이 살랑살랑 불어와 또 처마 밑의 풍경이 딸랑, 하고 희미한 소리를 냈다.

도마뱀이 갑자기 몸을 움직여 다쿠야의 손에서 땅으로 툭 떨어지더니 잽싸게 풀숲으로 도망친다.

키 작은 민들레꽃이 바람에 부들부들 떨린다.

여름인데 신기하게도 얼어붙은 듯 보였다.

해님이 서쪽 산 너머로 떨어지니 바람이 조금 서늘해졌다.

나는 7월과 8월뿐인 여름방학용 일력을 적갈색 기둥에 박힌 녹슨 대못에 걸었다. 낮에 상점가 마트에서 나쓰미가 발견하고 구입한 것이다.

"이런 거 써 보고 싶었어. 매일 아침에 한 장씩 뗄 때마다 남은 날이 적어지잖아. 여름방학이 점점 끝나 가는구나, 싫어서 아쉬워지겠지? 그러면 하루하루를 더 소중히 여길 것 같아."

기둥에 걸린 일력을 보고 나쓰미가 만족스러운 얼굴로 말했다.

"그건 그렇고, 싱고짱."

"응?"

"이걸로, 청소 끝?"

나쓰미는 고개를 갸웃하면서 이마에 밴 땀을 손등으로 닦았다.

내 시선이 실내를 한 바퀴 빙 돌았다.

"어떨까? 응, 이 정도면 끝, 이겠지……?"

빠뜨린 작업은 아마 없는 것 같다.

"정말, 끝?"

"응. 임무 완료."

"우와아……. 드디어 끝났다……. 우리의 여름 한정 사랑의 둥지, 완성이다!"

나쓰미가 오른손을 치켜들고 다가온다. 나도 그에 맞춰 오른손을 들었다. 하이파이브다.

아이들은 이미 돌아갔다. 나는 양손으로 나쓰미의 볼을 감싸고 짧은 키스를 했다. 손을 뗐을 때 나쓰미의 볼이 까맣게 더러워진 걸 보고 나는 풋 하고 웃었다. 그 얼굴을 휴대전화 카메라로 촬영한다. 뾰로통하면서도 웃음 띤 얼굴이 무척 좋아서, 나는 그 사진을 여름 한정 배경 화면으로 설정했다.

지장 할아버지와 야스 할머니께 작업 종료를 알리려고 '다케야' 뒷문으로 얼굴을 내민 순간, 거실 쪽에서 낯선 남자의 거친 목소리가 새어 나왔다.

"누구지?"

"글쎄."

나쓰미는 고개를 갸웃한 채 집 안으로 성큼성큼 들어갔다. 나도 그 뒤를 따랐다.

거실에는 둥근 밥상을 둘러싸고 할아버지와 할머니 외에도 허름한 감색 승복을 입은 중년 남자가 책상다리로 앉아 있었다. 그가 눈을 부라리며 이쪽을 쳐다본다. 흰머리 섞인 텁수룩한 머리카락과 듬성듬성 난 수염이 독특한 위압감을 풍겼다.

나쓰미는 "안녕하세요."라며 평소처럼 싹싹하게 머리를 꾸벅 숙여 인사하고 거실로 들어갔다. 나는 "실례합니다."라고 입으로만 말하고 따라 들어갔다.

"이제 다 끝났나?"

할머니가 이쪽을 돌아보며 물었다.

"네, 덕분에 잘 끝났어요. 오늘은 일단 집에 갔다가 내일 짐 싣고 다시 올게요."

남녀노소 누구나 좋아하는 나쓰미의 시원시원한 대답에도 승복 입은 남자는 무뚝뚝한 표정을 풀지 않았다. 상 위로 시선을 내리꽂고 미간에 깊은 주름을 잡은 채 이쪽을 보려고 하지도 않는다.

남자와 지장 할아버지 앞에 술잔이 놓여 있다.

"오늘은 집으로 가나? 같이 술 한잔 할까 했는데."

지장 할아버지는 평소처럼 싱글벙글 웃는 얼굴로 말했다.

"그래도 내일부터는 매일 밤 마실 수 있잖아요."

나쓰미도 얼굴 가득 웃음 지으며 대답했다.

"응, 응, 그렇군. 내일이 기대되는구나."

할아버지가 그렇게 말하면서 술잔을 내 쪽으로 들어 보였다.

'저도 기대됩니다'라고 센스 있게 대답하려던 참이었다. 내가 입을 떼기 전에 거칠고 험악한 목소리가 먼저 울렸다. 승복 남자가 이쪽을 보지도 않고 술잔만 응시한 채 목소리를 깔고 말했다.

"자네들, 방세는 얼마 낼 건가."

한순간 긴장감이 그 자리를 가득 채웠다.

무거운 침묵 속에서 승복 남자만 혼자 술을 벌컥 들이켰다.

"설마 공짜 밥 먹으려는 건 아니겠지? 어?"

'어?' 하는 부분에서 남자가 나를 정면으로 노려보았다. 차가운 대못 같은 시선이 내 얼굴에 꽂히니 목이 꽉 조이는 듯했다.

나쓰미와 나는 적당한 말을 찾지 못한 채 거실 입구에 멍하니 서 있기만 했다.

"이봐, 이상한 말 하지 마. 이 아이들 보고 우리 집에서 지내라고 한 건 나니까."

"그 말이 맞아."

할아버지와 할머니가 우리 편을 들어 주었지만 그런 말은 듣기 싫다는 듯 남자가 고함을 꽥 지른다.

"기브 앤 테이크라는 말도 모르나? 이런 염치없는 녀석들 같으니라고."

"그런 아이들 아니라니까."

할아버지가 어이없어 하며 열심히 이해시키려 한다.

이 사람 지금 상당히 취한 모양이라고 나는 생각했다. 틀림없이 그럴 것이다. 그게 아니라면 처음 만난 사람한테 이렇듯 무례한 말을 할 리가 없다. 그렇게 해석한 나는 일단 "함부로 들어와서 죄송합니다. 그만 가 볼게요."라고 하면서 나쓰미의 손을 잡고 뒷문을 통해 밖으로 나왔다.

민들레를 밟지 않도록 조심하면서 별채 현관으로 들어간다. 두 평 남짓한 방이 제법 깔끔해졌다.

나쓰미는 들어가자마자 새로 단 파란색 커튼을 치면서 바닥에 벌렁 드러누운 나를 돌아보았다.

"누구야 저 아저씨. 너무 무례하잖아. 좀 무섭기도 하고……."

누구냐고 나한테 묻지만, 그건 내가 더 알고 싶은 바다.

"그냥 술 취한 사람이지 뭐."

"왜 저런 사람이 지장 할아버지랑 술을 마시는 거야? 게다가 왜 우리를 그런 눈으로 노려보는 거지?"

"내가 어떻게 알아."

그 남자의 차갑고 날카로운 시선을 떠올리니, 분하게도 다시 심장이 뛴다. 이토록 소심한 나 자신이 너무나 한심해서 제풀에 짜증이 났다.

창가에 서 있던 나쓰미가 접이식 둥근 테이블 앞에 털썩 주저앉더니 하아, 하고 무거운 한숨을 내쉬었다.

걸레로 깨끗이 닦은 나무틀 유리창이 덜컹덜컹 소리 내며 흔들린다. 바람이 심한 모양이었다. 곧이어 뒷산 대나무 숲에서 스산한 소리가 들렸다. 바람이 대나무 숲 경사면을 타고 오르는 장면이 상상되었다.

"내일부터 어떡할 거야?"

"어떡하다니……."

이틀 꼬박 들여 겨우 이만큼 깨끗해졌다. 들인 비용도 1, 2만 엔이 아니다. 게다가 일주일에 이틀 정도 나갔던 야간 빌딩 청소 아르바이트도 여름방학 중에는 쉬겠다고 말해 두었다.

"저런 주정뱅이 때문에 소중한 여름방학을 망칠 수는 없어."

가슴에 쌓인 초조감을 뭉쳐서 한꺼번에 토해 내듯 말했다.

본격적인 작품 촬영 계획도 세워 두었다. 이번 여름방학에 찍는 작품이 어쩌면 내 인생을 좌우할지도 모른다고 생각했다. 어릴 때부터 줄곧 품어 왔던 '사진작가'라는 꿈을 이룰 기회가 될지도 모르고, 아니 그 전에, 대회에서 수상하여 앞서 가는 친구들을 조금이라도 따라잡고 싶다. 졸업 작품 점수도 이번 여름을 어떻게 보내는지에 따라 달라질 가능성도 있다.

"방세 내면 되잖아."

얼마 지불하면 될지도 모르겠고, 만약 그렇게 하면 할아버지, 할머니의 마음이 편하지 않으리라는 것도 안다. 그러나 내 입에서는 탁한 말들이 시커먼 연기처럼 꼬리를 물고 흘러나왔다.

"전기세랑 식비도 내라면 내야지."

부루퉁한 말투로 내뱉으며 상반신을 일으켰다.

둥근 테이블에 팔꿈치를 세우고 손으로 턱을 괸 나쓰미가 싱글싱글 웃고 있다.

"왜, 왜 웃어……."

"아니, 싱고짱이 이렇게 발끈하는 거 처음 보는 것 같아서. 가끔은 이런 식으로 속에 쌓인 응어리를 푸는 것도 좋겠다 싶네."

나쓰미는 후후후 웃으며 "아무튼 조금 짜증나는 일이 벌어지긴 했지만, 어른스럽게 대응하면 된다는 뜻이지?"라고 깔끔하게 정리해 주었다.

나는 왠지 아이 취급당한 것 같아서 '처음부터 그렇게 결론을 좀 내주지 그랬어?'라는 말을 목까지 끌어올렸다가, 가까스로 꾹 삼켰다. 그 말을 하면 더 유치해질 테니까.

왜건R에 올라 시동을 거니 '다케야' 안에서 지장 할아버지가 나와 다급한 모습으로 다가온다. 지팡이를 조급하게 앞으로 내밀면서 한 걸음씩 온 힘을 다해.

나는 얼른 나쓰미가 앉은 쪽 창을 내렸다.

"아까 이야기하시는데 방해해서 죄송해요."

나쓰미가 어른스럽게 대응했다.

"아니야, 내가 미안하지. 싱고 군도 너무 기분 나쁘게 생각하지 말고. 내가 대신 사과하마."

할아버지는 지팡이에 체중을 싣고 조수석 창에서 고개를 숙여 운전석에 있는 나를 보았다. 눈썹이 팔자가 된 얼굴은 진심으로 미안한 표정이었다.

할아버지는 아무 잘못 없는데…….

나는 "아뇨아뇨, 괜찮습니다. 다 잊어 먹었어요."라고 웃어 보였지만, 조금 어색한 웃음이었는지도 모른다.

"아내한테 버림받고 혼자 사는 사람끼리 가끔 만나서 술 마시는 술친구란다. 심성은 착한데 성격이 무뚝뚝해서 표현하는 게 늘 저렇지."

할아버지가 가게 쪽을 슬쩍 돌아본다.

아직 거실에 그 남자가 있는 모양이다.

아니, 그보다…….

지장 할아버지가 이혼남? 조금 의외여서 대답이 늦어 버렸다. 그 대신 나쓰미가 어른스럽게 대응해 주었다.

"네, 알겠습니다. 우린 괜찮아요. 내일 저는 오토바이로, 싱고짱은 차 타고 올 거예요. 야스 할머니랑 그 남자 분께도 인사 전해 주세요."

나쓰미는 할아버지의 불편한 왼손을 꼭 잡았다.

할아버지는 응응 하고 몇 번이나 고개를 끄덕이다가 “밤 운전, 조심하거라.”라며 다시 나를 보았다.

“예, 조심하겠습니다.”

“그럼 할아버지, 내일 뵐게요.”

나쓰미가 손을 흔드는 걸 보고 나도 천천히 출발했다.

백미러로 할아버지를 보니 언젠가의 야스 할머니처럼 ‘다케야’ 앞에 서서 우리를 배웅해 주었다. 어스레한 가로등 아래에 우두커니 선 할아버지의 모습은 왠지 진짜 ‘지장보살님’ 같았다.

첫 커브 길에 다다라 핸들을 꺾는다.

지장 할아버지의 모습이 문득 사라졌다.

2장

아이바 싱고의 '여름'

한여름의 태양은 아침부터 이글거렸다.

기온은 쏘아 올린 불꽃처럼 단숨에 상승하여 오후에는 아스팔트까지 녹여 버릴 기세였다. 이거 이상기후 아냐? 라며 지구 환경을 걱정하려는데, 마침 구청 스피커가 광화학 스모그 주의보를 발령했다.

나는 도쿄 동쪽 구석의 저렴한 아파트에 혼자 사는데, 올여름엔 아파트 바로 코앞에 있는 신사에 매미가 대거 출몰했다. 참매미와 유지매미가 돌림노래를 부르며, 경박한 불협화음을 온 마을에 발신했다.

나는 이마의 땀을 닦으며 촬영 기재 세트와 최소한의 생활용품을 왜건R에 열심히 실었다. 그런 다음 차로 30분 거리에 있는 나쓰미의 원룸으로 가서 나쓰미와 대량의 짐을 차에 밀어 넣은 후 이번엔 나쓰미가 일하는 유치원으로 방향을 틀었다.

여름방학이라 유치원엔 아무도 없었다.

나는 정문 옆 갓길에 차를 세우자마자 "도착!" 하고 말했다.

"고마워. 잠깐 기다려 줘."

나쓰미는 조수석에서 내려 열쇠로 정문을 열고 유치원치고는 넓은 편인 정원을 가로질러 교무실 쪽으로 들어갔다.

나는 그동안 좋아하는 CD를 찾아 카오디오에 밀어 넣었다. 야마시타 다쓰로의 옛날 앨범 〈빅 웨이브(Big Wave)〉다. 이만큼 여름을 상쾌하게 띄워 주는 앨범이 또 있을까.

첫 번째 곡이 흐르기 시작하자 나는 시트에 등을 편안히 맡기고 아무도 없는 정원을 바라보았다. 유치원에 아이들이 없으니 태양은 쨍쨍 내리쬐도 어쩐지 으스스했다. 마치 드라마 세트장 같아 보이기도 했다.

나쓰미와는 이 유치원에서 처음 만났다. 정문 옆에 나란히 선 철쭉이 활짝 피어 있던 작년 5월.

우리 과는 전통적으로 이 유치원의 행사 촬영 아르바이트를 맡아 왔다. 원래 선배 담당이었는데 우연히 대타로 내가 지명되어 마지못해 가기로 했다. 행사는 '5월의 소운동회'였다. 운동회 앞에 '소'라는 글자가 붙은 만큼 오전 중에 끝나는 미니 운동회였기에 비교적 편한 일이었다.

그 운동회의 이모저모를 촬영하는 동안 파인더 안에서 유난히 빛나 보였던 사람이 나쓰미였다. 나는 아이들을 찍으면서도 가끔씩 나쓰미의 옆얼굴에 초점을 맞추지 않을 수 없었다.

소운동회 DVD를 납품하기 위해 며칠 후 다시 이 유치원을 찾았다. 나는 우선 교무실에 가서 원장 선생에게 DVD를 전한 다음 허둥지둥 밖으로 나왔다.

나쓰미는 아이들과 모래 놀이터에 쭈그리고 앉아서 놀고 있었다.

나는 심호흡을 하면서 마음을 진정시킨 다음, 모래밭으로 다가가 그녀의 가녀린 등을 향해 말을 걸었다.

"저, 저기요……."

나쓰미가 돌아본다. 앉은 채 나를 올려다보았다.

"저기, 아, 안녕하세요."

나 자신이 한심하게 느껴질 정도로 긴장했다.

"네……. 안녕하세요."

아이들에게 보내는 미소를 얼굴에 그대로 남긴 채 나쓰미는 일어났다. 머리 위에 보이지 않는 '?'가 떠 있다. 이 사람, 누구지? 하는 마음속 의문이 표정에 그대로 드러났다.

"아, 네. 저기, 일전에 소운동회 때 사진 찍었던……."

"아아, 사진사님."

기억의 한쪽 구석에라도 남아 있었다는 사실에 속으로는 살짝 날아올랐지만, 너무 긴장한 나머지 말끝이 흐렸고 표정도 굳어 있었을 게 틀림없다.

"이, 이거, 그때 찍은 사진입니다. 잘 나오셨길래, 저기, 이 CD를…… 괜찮으시다면."

그렇게 말하면서 나쓰미의 사진이 담긴 CD를 건넸다. 거의 강제로 떠맡기듯.

"어, 저 주시는 거예요? 감사합니다."

물빛 앞치마를 입은 나쓰미는 아이들 앞에서처럼 상냥하게 웃어 주었다.

"아, 그런데요……, 이건 개인적인 선물입니다. 다른 선생님 것은 준비하지 않았으니 비밀로 해 주세요."

"예?"

의아한 얼굴의 나쓰미가 당장이라도 '왜 나만 주는 거예요?'라고 물을 것 같았다. 내 긴장감이 임계점을 넘어섰다.

"그럼, 저는 이만."

그렇게만 말하고 빠른 걸음으로 유치원을 빠져나왔다.

그 후로 나는 기도하면서 기다렸다. 나쓰미의 연락을.

나쓰미에게 건넨 CD 안에 도화지를 찍은 사진을 한 장 섞어 놓았다. 사인펜으로 전화번호와 메일 주소, '연락 기다리겠습니다! by 병아리 사진작가, 아이바 싱고'라는 메시지를 적어 넣은 도화지다.

나쓰미에게 메시지가 온 건 그로부터 4일이 지난 날 저녁이었다.

나는 방에서 혼자 주먹을 불끈 쥐고 기뻐하며, 몇 번이나 몇 번이나 반복해서 읽었다.

지난번 사진, 정말 감사합니다. 너무 예쁘게 나와서 제가 아닌 것 같았어요. 배경이 흐릿한데도 빛이 나네요. 예쁘게 찍어 주셔서 정말 감사합니다. 아이바 씨는 틀림없이 멋진 사진작가가 될 거예요 ♪ 가와노 유치원 교사, 가와이 나쓰미

이때는 아직 내가 찍는 사진에 근거 없는 자신감을 갖고 있었다. 나쓰미가 말한 '멋진 사진작가'도 당연히 되리라고 확신했다.

마침 그즈음부터 상황이 서서히 바뀌었다. 주위 친구들은 꾸준히 결과를 내면서 앞으로 앞으로 나아가는데, 나만 그 자리에 뿌리를 내린 듯 움직이지 못하고 홀로 남겨졌다. 멀어져 가는 친구들의 등이 나를 초조하게 만들었다.

학교에만 가면 공연히 조바심이 나고 불안했다. 그러던 어느 날 문득 나 자신을 돌아보았고, 내가 품었던 자신감에 '근거'가 없다는 사실을 깨달았다. 그 '근거'가 필요해서 발버둥 치기 시작한 것이다. 사진 대회에 닥치는 대로 응모한 것도 그때부터였다.

바라던 결과는 단 한 번도 나오지 않았다. 벼락치기로 만들어 낸 작품으로 때우려 했으니 당연하다면 당연한 결과였지만, 내가 낙선한 대회에서 입선하는 친구들을 가까이에서 보는 건 역시 괴로

웠다.

나는 그렇게 하루하루 자신감을 상실해 갔다.

상 받은 사진이 실린 잡지를 학생 식당에서 자랑스럽게 펼쳐 보이는 친구들을 질투하는 동안, 그 질투심의 농도만큼 더러워진 필터가 내 안에 차곡차곡 쌓여 가는 게 느껴졌다. 더러운 필터를 통해 보는 사진은 빛과 그늘이 없이 단조롭고 채도가 낮았다. 급기야 사진을 보는 눈마저 애매해졌고, 내 작품은 모두 형편없어 보였다. 당연히 이루어지리라 믿었던 '사진작가'의 꿈도 어느새 신기루처럼 희미하게 멀어졌다. 아무리 손을 뻗어도 닿지 않는 곳에 존재하는 환상이었다.

나쓰미는 아직도 내가 언젠가는 '멋진 사진작가'가 되리라고 믿는 걸까?

카오디오에서 야마시타 다쓰로의 세 번째 곡 〈온리 위드 유〉가 흐르기 시작했을 때 나쓰미가 건물 밖으로 나왔다. 커다란 골판지 상자를 안고 이쪽으로 걸어온다. 상자 안에는 만들기 시간을 위해 준비해 둘 물품이 들어 있을 것이다.

"많이 기다렸지? 엄청 덥다……. 이 정도면 이상기후 아냐? 밖에 잠시 있었는데 그새 땀이 났어."

나쓰미는 뒷좌석에 상자를 싣고 조수석에 올라타면서 "후우" 하고 한숨을 내쉬었다.

"짐이 꽤 많네."

"우리 반 아이들 걸 다 만들어야 하니까."

땀이 약간 밴 나쓰미의 옆얼굴이 산뜻한 천연색으로 빛났다.

"그렇구나. 일단, 출발할까?"

"네에."

나는 액셀을 꾹 밟았다.

우리는 다시 나쓰미의 집으로 향했다.

집에서 헬멧과 가죽 장갑을 들고 나온 나쓰미가 CBX400F에 올라탄다. 이 오토바이는 언제 봐도 번쩍번쩍 광이 난다.

시동을 걸고 스로틀을 가볍게 당기자, 부릉, 부릉, 하는 소리와 함께 철마에 생명이 깃든다.

80년대의 복고풍 오토바이가 발하는 시원스러운 울림에 RPM도 원활하게 상승한다. 나쓰미가 말하기를, 모리와키라는 부품 업체의 머플러로 개조한 게 좋은 소리의 비밀이란다. 3년 전 암으로 돌아가신 아버지가 개조했다고 언젠가 말한 적이 있다.

나는 왜건R 운전석에 앉은 채 유리창을 내렸다.

"나쓰미, 내 뒤에서 따라와."

"나 먼저 가면……, 안 되지?"

"안 돼. 네 운전은 너무 위험해."

"역시. 그럴 줄 알았어."

헬멧 안에서 나쓰미가 혀를 쏙 내밀었다.

"자, 간다."

"네에. 싱고짱, 최대한 달려 줘."

나쓰미가 과장스러운 윙크를 날린다.

"안, 돼, 요."

나는 웃으며 살짝 액셀을 밟았다.

출발하고 잠시 후 백미러로 힐끔 보니 나쓰미의 오토바이가 지루한 듯 따라온다. 나는 오른손으로 핸들을 잡고 왼손으로는 V자를 날렸다. 그걸 본 나쓰미가 주먹을 낸다. 가위바위보로 이기겠다는 건가?

7번 도로에 접어들자 풍경이 순식간에 여름다워졌다.

멀리 동쪽 하늘에 근육이 울퉁불퉁한 소나기구름이 피어오른다. 머리 위의 코발트블루빛 여름 하늘은 하얀 비행기구름이 싹둑 잘라 놓았다.

앞으로 세 시간이면 '다케야'에 도착한다.

우리의 여름방학이 드디어 그 막을 연다.

'다케야' 별채에서의 생활이 시작된 후 우리는 하루가 멀다 하고 강으로 나갔다. 지장 할아버지가 가르쳐 주는 '강놀이'의 세계에 완전히 빠진 것이다.

반딧불이가 난무했던 그 청량한 강, 기리모리(桐森) 강이다. '다케야' 바로 앞의 공터를 가로지르면 다리가 불편한 할아버지도 강변까지 내려갈 수 있는 숲 속의 완만한 경사 길이 나온다. 그 길 끝이 그리 넓지는 않지만 굵은 자갈이 깔린 아름다운 강변으로 이어진다. 강폭은 5미터 정도, 건너편 기슭은 높이 20미터는 될 듯한 낭떠러지다. 상류에는 흐름이 그리 빠르지 않은 얕은 여울이 있고, 하류에는 제법 깊은 계곡과 작은 용소가 있다. 계곡의 흐름은 완만했고 레모네이드가 든 유리병처럼 맑았다. 수중 마스크를 끼고 들어가서 무리 지어 헤엄치는 민물고기의 은빛 비늘에 둘러싸이면, 마치 꿈속에 서 있는 듯한 기분이 든다.

여름 계곡을 건너온 강바람은 상쾌했고, 공기에서 풍요로운 숲 냄새가 났다.

나쓰미와 나는 강변에 드리워진 단풍나무 그늘에 편안한 접이식 의자를 놓고 지장 할아버지를 앉혔다. 할아버지는 등받이에 몸을 맡긴 채 눈부신 듯 웃으며 우리에게 강에서 노는 법을 가르쳐 주었다.

"메가폰만 들면 딱 영화감독 포스야."

나쓰미의 재치 넘치는 농담에 셋이 함께 웃었다.

심하게 더운 날에는 할아버지의 의자를 얕은 여울 안에 놓았다. 할아버지는 발을 강에 담근 채 감독을 했다.

"어릴 때는 틈만 나면 물에 들어가 헤엄치고 놀았지."

할아버지는 강에 있을 때 가장 행복해 보였다.

다리가 불편한 할아버지에겐 걷기 힘든 자갈길에서도 싱글벙글 웃으며 천천히, 천천히 이동했다.

"싱고 군, 저기 보이는 조릿대를 다섯 개 정도 잘라 와 주려나?" 라며 할아버지가 지팡이로 숲을 가리키기에 톱으로 조릿대를 잘라 왔다. 이번엔 그걸 끈으로 묶으라고 한다.

"응, 잘 묶었네. 이걸 섶나무라고 하는데, 흐름이 없는 수심 1미터 정도 되는 곳에 하룻밤 담가 두면 다음 날 새우를 많이 얻을 수 있지."

다음 날 아침. 셋이서 강으로 나가 강변에 파란 비닐 시트를 깔아 두고 섶나무를 조심스레 끌어올렸다. 시트 위에서 부스스 털어 냈더니 조릿대 잎 사이에 숨어 있던 수많은 새우들이 후드득 떨어진다. 펄떡펄떡 뛰는 작은 새우가 시트를 가득 채우고도 남았다.

"어떠냐? 여기 3~4센티 정도 되는 투명한 놈이 줄새우, 조금 더 작고 갈색빛 나는 놈이 생이새우란다. 둘 다 기름에 재빨리 볶아서 소금을 뿌리면 최고의 술안주가 되지."

"이 팔이 긴 녀석은요?"

나쓰미가 물었다.

"징거미새우라고 한단다. 그놈은 꼬리에 꼬챙이를 끼우고 소금 뿌려서 모닥불에 구워 먹어야 제맛이야. 일단 새우 머리는 미끼로 통발에 넣어서 저쪽 깊은 곳에 던져두어라."

통발이란 한번 들어가면 나올 수 없는 구조로 된 물고기잡이 도구이다. 나쓰미와 나는 흐름이 없는 곳을 찾아 통발을 깊숙이 가라앉혔다.

다음 날 아침. 통발을 회수하러 간 우리는 그만 소리를 지르고 말았다.

"우와아."

"굉장하다."

통발 안에 자연산 장어가 들어 있었다.

"할아버지, 장어는 어떻게 먹어요?"

나쓰미가 물으면 대답은 곧 돌아온다.

"도마에 눕혀서 머리에 대못을 꽂고, 잘 드는 칼끝으로 등을 가른단다. 할머니가 잘하시니 보고 한번 배워 봐."

자연산 장어를 본 순간, 야스 할머니는 "어머나, 이런 건 진짜 오랜만이야!"라고 놀라며 당장 숫돌을 꺼내 칼을 갈기 시작했다. 익숙한 손놀림으로 우선 머리뼈에 못을 끼우고 커다란 도마에 고정시킨 채 등을 가른다. 등뼈를 꺼내고 머리를 잘라 냈지만 버리지는 않았다. 날이 두껍고 끝이 뾰족한 식칼로 머리를 두드려 반으로 가르고 간장, 미림, 청주, 설탕을 섞어서 양념을 만들 때 같이 넣고 끓이면 머리에서 육즙이 나와 양념의 맛이 한결 살아난다. 등뼈는 한나절 말린 후 고온의 기름으로 바싹 튀겨 소금을 살짝 뿌리면, 다쿠야와 히토미에겐 간식이 되고 어른들에겐 맥주 안주가 된다.

손질한 장어는 한 번 쪄도 되지만, 우리는 그대로 숯불에 올려 솔로 양념을 발라 가며 구웠다. 간사이(関西) 풍 양념구이인데 이게 또 둘이 먹다 하나 죽어도 모를 만큼 맛있었다.

"신선한 장어는 그냥 구워서 와사비 간장에 찍어 잘게 썬 차조기 잎이랑 같이 먹는단다. 할미는 그게 담백하고 더 맛있더라."

야스 할머니가 말한 생구이도 일품이었다. 젓가락으로 집어 먹다 보니, 깔끔하고 드라이한 청주가 술술 끝없이 들어간다.

"크으으……, 이렇게 맛있는 장어는 처음이에요!"

나쓰미는 생구이에 홀딱 빠졌다.

그물이 촘촘한 뜰채를 이용하여 강바닥에서 헤엄치는 밀어라는 이름의 망둑엇과 민물고기를 많이 잡았을 때는 할머니가 고추를 넣고 매콤하게 조려 주셨다. 이건 밥반찬으로도 안성맞춤이었다. 고추 대신 산초나무 열매를 넣어 약한 불로 뭉근하게 끓이면 밀어 자체의 맛이 확 살아나 술안주로도 절묘했다.

뜰채를 이용하면 미꾸라지도 심심찮게 잡혔다. 흐름이 느린 모랫바닥을 찾아서, 아무것도 없는 모래 위에 뜰채를 일단 뒤집어 놓는다. 그물을 모랫바닥에 붙인 채 잽싸게 끌어당겨 모래째 건져 올린 다음 그물 안의 모래를 체로 치듯 흔들어서 물속으로 흘려보내면, 미꾸라지 몇 마리만 그물 속에 남아 꿈틀꿈틀 움직이는 걸 볼 수 있다.

미꾸라지는 수조에 수돗물을 넣고 2~3일 정도 기르면서 흙을 토하게 해야 한다. 우리는 진한 육수에 넣고 삶아서 간장으로 간을 하고 달걀을 풀어 먹었다. 즉석 야나가와나베(미꾸라지에 달걀옷을 입히고 각종 야채와 함께 끓여서 먹는 전골 요리 : 옮긴이)다. 강변에 자란 야생 미나리나 파드득나물을 곁들이면 풍미가 한층 살아난다는 것도 지장 할아버지께 배웠다. 발라낸 미꾸라지 살을 기름에 재빨리 튀겨서 소금과 후추를 뿌려 먹으면 쌉싸래한 것이 맥주 안주로 그만이었다.

비단게를 잡는 것도 무척 간단했다. 강변에서 눈에 띄는 조금 큼직한 돌을 데굴데굴 굴리기만 하면 된다. 돌 밑에 비단게가 숨어 있기 때문이다. 몇 번 하다 보니 비단게가 숨은 돌을 꽤 높은 확률로 알아맞힐 수 있게 되었다.

"비단게는 말이야, 등이 파란 것도 있고 빨간 것도 있는데, 파란 건 크기만 크고 등딱지랑 집게발이 어찌나 딱딱한지 맛이 없어. 되도록 등딱지가 빨갛고 작은 놈을 골라서 잡아야 해."

지장 할아버지는 비단게를 그대로 튀겨서 소금을 살살 뿌려 먹는 걸 어릴 때부터 무척 좋아했다고 한다. 우리도 먹어 보니 역시 작은 놈이 고소한 게 맛있었다. 큰 녀석은 껍질이 이에 닿아 으드득거리기만 할 뿐 맛이 나지 않았다.

내가 깜빡하고 잡아 버린 파란 비단게 한 마리는 별채에서 기르기로 했다. 운 좋게 살아남았다고 하여 나쓰미가 '럭키'라는 이름을 붙여 주었다. 별채 창가에 예전부터 놓여 있던 오래된 유리 어항에 자갈과 물을 넣어서 럭키의 집으로 했다. 럭키는 식탐이 많아서 마른 멸치든 오징어든 뭐든 잘 먹었다.

저녁이 되면 여울에 모여 있는 황어를 잡기 위해 제물낚시를 던졌다. 곤충 모양으로 만든 깃털을 미끼로 하여 물고기를 유인하는 방법이다.

"황어는 잉엇과라서 낚아도 별로 맛은 없어. 맑은 물에 사는 애들은 비린내가 안 나서 비늘 벗기고 내장 꺼내고 토막 내서 된장국 육수 만들 때 쓰지. 색다른 된장국 맛 한번 볼 텐가?"

그렇게 만든 된장국은 과연 여태까지 경험해 보지 못한 맛이었다. 흰 살을 발라내어 먹으면 맛이 없는데 국물은 제법 먹을 만했다.

여름 해가 완전히 저물고 밤하늘에 은하수가 걸리면 한층 더 운치 있는 즐거움이 기다린다. 바로 징거미새우잡이다. 징거미새우는 낮에 어두운 구멍 속에 숨어 있다가 밤만 되면 꿈실꿈실 기어 나와 얕은 여울을 돌아다닌다.

우리는 작은 뜰채를 들고 강에 나가서 손전등으로 여울을 비췄다. 징거미새우 눈이 손전등 빛을 받아 오렌지색으로 반짝반짝 빛났다. 그 오렌지색 빛을 발견하면 위에서 뜰채를 살짝 씌우고 재빨리 끌어당겨야 한다. 들어 올린 뜰채 안을 보면 징거미새우가 펄떡펄떡 뛰고 있다.

징거미새우는 먹는 방법이 다양하다. 그중 내가 감동한 요리는 '새우 소면'이었다. 징거미새우를 넣고 끓인 국물에 설탕과 간장으로 달달하고 짭짤하게 간을 하여 장국을 만들고, 소면을 그 장국에 찍어 먹는 것이다. 아주 맛있어서 메밀판 위의 소면이 아무리 많아도 부족했다.

징거미새우는 그 기다란 팔을 떼서 주낙에 달 미끼로 썼다. 주낙이란 긴 줄에 낚싯바늘 여러 개를 매달아 놓는 도구인데, 깊은 계곡 양 가에 걸고 물속에 가라앉혀 두면 통발보다 더 높은 확률로 통통하게 살찐 장어를 잡을 수 있다.

비가 억수같이 쏟아지는 날에는 강물이 불어나 위험하다며 지장 할아버지가 강에 나가지 못하게 했다. 그 대신 다음 날 나가면 선물이 우리를 기다리고 있다.

"오늘처럼 강물이 불어나서 흐름이 탁할 때는 강 양옆에 생긴 웅덩이에 지친 물고기들이 잠시 쉬러 나와 많이 모여 있단다. 흐린 물에서 헤엄치느라 피곤한 거지. 그런 곳에 투망을 던지면 일망타진이야."

우리는 아직 투망을 던지는 기술이 없을뿐더러 투망을 갖고 있지도 않았으므로 큼직한 족대를 대신 사용하기로 했다. 대나무로 만든 틀 안에 그물이 주머니 모양으로 달린 도구다. 양손으로 사용하는 커다란 뜰채라고 하면 될까? 나쓰미와 나는 지장 할아버지의 지시하에 각각 족대를 들고 물이 탁한 웅덩이 양쪽에서 물고기를 천천히 몰아넣었다. 그물 두 개가 만나는 순간 재빨리 들어 올린다.

"오오옷."

"꺄아."

우리는 소리를 지르지 않을 수 없었다.

단 한 번으로 황어, 피라미, 잉어, 붕어, 새우 등이 그물 속에서 난리를 친다.

마치 아이처럼 흥분하는 우리를 할아버지는 눈부신 듯 바라보며 미소 지었다. 나는 그런 할아버지의 표정이 정말 좋아서 몇 번이나 사진을 찍었다.

탁했던 강에 서서히 맑은 물이 돌아올 즈음. 혼자서 조용히 얕은 여울 속을 걷는데, 모랫바닥 위를 뭔가가 잽싸게 움직이더니 모래 속으로 쏙 사라진다. 지장 할아버지가 가르쳐 준 모래무지라는 이름의 물고기가 틀림없었다. 모래무지는 사람 그림자를 보면 재빨리 모래 속으로 숨는 습성이 있다고 했다.

"모래무지가 숨으면 그 주변을 양손으로 눌러서 모래째 잡고 쏙 꺼내면 돼. 그러면 손으로도 쉽게 잡힌단다."

나는 할아버지의 말을 떠올리며 모래무지가 숨은 곳 부근을 위에서 꾹 눌러 보았다. 양손으로 모래째 살짝 들어 올렸을 뿐인데, 15센티나 되는 훌륭한 모래무지가 내 손안에 있었다. 그 순간 느꼈던 궁극의 희열. 내 몸의 세포 하나하나가 강을 즐기고 있었다. 이 모래무지도 황어처럼 잉엇과에 속하는데, 소금구이로 먹으면 꽤 맛있는 흰 살 생선이다. 특히 껍질이 별미다. 지장 할아버지는 이 껍질을 대꼬챙이에 뱅글뱅글 감아서 소금을 뿌리고 불에 구워 먹는 방법을 가르쳐 주었다. 먹을 수 있는 양은 적지만 술과 함께라면 더할 나위 없이 만족스러운 안주가 되었다.

할아버지가 가르쳐 준 강놀이는 낚시만이 아니었다.

높이가 2미터쯤 되는 벼랑 옆에 드리워진 등나무 덩굴에 타잔처럼 매달려 물속으로 뛰어들기도 하고, 미나리, 파드득나물, 물냉이 같은 산나물도 열심히 캐러 다녔다. 어디든 흔하게 자라는 얼룩조릿대 잎을 따서 연한 갈색이 될 때까지 모닥불에 구웠다가 냄비에 넣고 끓여 우리면 달콤한 맛이 살아나 맛있는 조릿대차가 된다. 강에서 놀다가 차가워진 몸에 따끈한 조릿대차 한 모금은 지극히 행복한 쾌감을 준다. 냉장고에 넣어 뒀다가 소주에 섞어 마시면 그 맛이 또 각별하다.

"강을 거슬러 올라가면서 탐험해 보는 것도 재미있을 게야. 도중에 깊고 물이 투명한 곳이 나오면 잠수해서 강바닥을 한번 보도록 해. 모래가 회오리쳐 오르는 게 보일 텐데, 그건 지하수가 솟아나서 그렇단다. 그 물이 또 시원하고 맛있지."

할아버지 말대로 상류를 향해 걸어 올라가니 역시 강바닥에서 지하수가 콸콸 솟아나는 곳이 있었다. 그 지점만 수온이 낮은 데다, 마치 입욕제를 넣은 것처럼 물이 옥색이었다. 우리는 페트병을 들고 그 지점까지 헤엄쳐 가서 물이 솟아나는 곳에 대고 페트병 뚜껑을 열었다. 최고로 신선한 천연 미네랄워터를 담기 위해서다.

이 물로 끓인 커피는 유난히 맛있다. 다쿠야랑 히토미가 같이 있을 때에는 이 물로 칼피스를 만들어 주었고, 어른들은 위스키나 소주에 섞어 마시기도 했다. 야스 할머니는 이 물로 차진 밥을 지어 맛있는 주먹밥을 만들어 주었다.

보름이 지나자 우리는 강놀이의 달인이 되었다. 나는 강놀이를 하면서도 정신없이 셔터를 눌러 댔다. 이따금 야생 원숭이나 사슴, 멧돼지, 날다람쥐를 만났고, 장수잠자리, 왕잠자리, 검은물잠자리, 기생개구리, 길앞잡이, 소금쟁이, 도롱뇽의 모습을 사진에 담았다. 산에는 살모사, 강변에는 꽃뱀 같은 뱀도 있었다. 그런 녀석들도 여름 햇살 아래에서는 어엿한 모델이 되어 주었다.

한여름의 눈부신 하늘, 암청색 산, 그리고 청량한 강. 파인더를 들여다볼 때마다 예스러운 집들과 한가로운 전원 풍경이 내 가슴에 천천히 스며들어, 나는 질리지도 않고 계속 셔터를 눌렀다.

나쓰미와 의논하여 방세는 내지 않기로 했다.

그 대신 수시로 현물을 공급하고 젊은 노동력을 힘닿는 대로 제공하기로 했다.

우선 쌀 20킬로와, 나가노에서 양조장을 운영하는 부모님이 보내 준 일본 술 준마이슈(純米酒) 됫병을 열 병 갖다 드렸다.

시간을 내어 '다케야'를 청소하고, 여기저기서 끝없이 자라는 잡초를 베고, 가게도 지키고, 옆집에 마을의 공지사항을 전하고, 때때로 두 분을 차에 태우고 시장도 보러 갔다. 우리 둘만 갈 때에도 반드시 4인분의 식재료를 샀다.

부엌에는 항상 나쓰미와 야스 할머니가 나란히 섰다. 소매 달린 앞치마를 똑같이 입은 두 사람은 마치 친할머니와 손녀처럼 사이가 좋아서 늘 깔깔 웃으면서 몸에도 좋고 맛도 있는 옛날 음식들을 푸짐하게 만들어 주었다.

어느 날 저녁, 부엌에 선 두 사람의 뒷모습을 보고 지장 할아버지가 장난스럽게 웃었다.

"나쓰미는 어쩐지 신부 수업이라도 받는 것 같구나."

"어……."

내가 어떻게 반응해야 좋을지 몰라 당황하는데 야스 할머니가 소리 내어 웃으며 이쪽을 돌아본다.

"나쓰미는 정말 훌륭한 색시가 될 게야. 상냥하지, 착하지, 예쁘지, 게다가 아이들도 좋아해. 이보다 더 좋은 신붓감이 어디 있겠냐?"

그 말을 듣고 나쓰미도 이쪽을 돌아보았다. 팔짱을 끼고, 에헴, 하면서 우쭐한 얼굴을 한다.

"싱고짱, 할머니 말씀 잘 들었어?"

"네네, 잘 들었습니다."

"어, 왠지 태도가 좀 불량한데."

"앗, 그럴 리가요."

"나 이 집에 딸로 들어올까. 싱고짱, 나에게 자유를 다오."

이 순간 나의 머리에 '나쓰미만 행복해지면 약 오르니 저도 이 집의 사위로 받아 주십시오'라는 농담이 번뜩 떠올랐지만, 이 말은 거의 프러포즈와 다름없는 발언인 듯하여 황급히 입을 다물었다. 그 대신 공손하게 양손을 바닥에 짚고 "몰라봬서 죄송했습니다!"라고 머리를 조아렸더니 모두 손뼉을 치며 폭소를 터뜨리는 것이었다.

느낌이 퍽이나 좋지 않았던 승복 남자는 사흘에 하루 정도의 빈도로 '다케야'에 모습을 나타냈다. 지장 할아버지 말로는 불상 만드는 솜씨가 꽤 뛰어난 불사인데 마을에서 조금 떨어진 숲 속에 집을 짓고 공방으로 이용하는 모양이었다. 나는 그 사람에 대해 더 묻지 않았고 되도록 관여하지 않았으므로 여태껏 이름도 모른다. 지장 할아버지도 그 남자 이야기를 하지 않은 건 분명 우리를 배려했기 때문이리라.

남자는 불쑥 물건을 사러 오거나, 거실로 올라가 차를 마시거나, 지난번처럼 지장 할아버지랑 술을 마시거나 했다. 내가 '다케야'에 헌상한 술을 그 남자가 물 마시듯 하는 걸 보면 역시 기분이 좋지는 않았지만, 우리는 어른이니 눈 딱 감고 넘어가기로 했다.

솔직히 말하면 나도 나쓰미도 이 남자가 여전히 불편했고 그 점을 늘 의식했다. 그래도 몇 번 만나는 동안 조금씩이긴 하지만 남자의 시선에서 뾰족한 가시가 사라지는 걸 느꼈다. 어쩌면 우리가 야스 할머니 댁에 그저 얹혀사는 게 아니라는 말을 다른 사람에게 들었거나, 아니면 직접 보면서 이해했는지도 모른다.

아무튼 '다케야'의 별채에서 무난히 생활하고 싶은 우리에겐 승복 남자에 대한 막연한 공포가 서서히 옅어졌다는 사실만큼 다행스러운 일도 없었다.

다쿠야와 히토미는 뜻밖에도 승복 남자를 잘 따랐다. 지난번엔 '다케야'의 거실에서 책상다리로 앉아 차를 마시는 남자의 다리 사이로 히토미가 쏙 들어가 무릎 위에 앉기도 했다. 늘 그랬다는 듯이 태연한 표정이었다. 다쿠야는 남자의 소매를 잡아끌면서 "아저씨, 또 불꽃놀이 해요."라고 어리광 섞인 목소리로 졸랐다. '또'라고 했다면 이미 승복 남자와 불꽃놀이를 한 적이 있다는 뜻이다.

가게를 지키던 나는 무슨 이유에서인지 남자에 대해 질투심 비슷한 감정이 생기는 걸 느끼고 홀로 쓴웃음을 지었다.

그로부터 며칠 지난 어느 오후.

오전부터 미온수처럼 따스한 여름비가 보슬보슬 내렸다. 나쓰미는 부엌에서 야스 할머니에게 머위 조림 만드는 법을 배우고 있었고, 손이 비는 나는 줄곧 가게를 지켰다.

산속 외진 마을의 자그마한 가게를 찾는 손님은 하루에 몇 명 되지도 않는다. 그런데 비까지 내리니 손님이 거의 오지 않아 가게에 홀로 앉아 있는 일이 지루하게만 느껴졌다.

나는 계산대 앞 의자에 걸터앉아서 좋아하는 작가가 쓴 추리소설을 읽었다.

60페이지쯤 이르렀을 때 문득 인기척을 느끼고 얼굴을 들었다. 그 얼굴을 보고 황급히 책을 덮으면서 계산대 아래 서랍에 밀어 넣었다.

"어, 어서 오세요."

일단 인사는 했지만 역시 오늘 날씨처럼 우중충한 목소리가 나왔다.

남자는 빗속을 우산도 쓰지 않고 걸어온 모양이었다. 흰머리가 섞인 텁수룩한 머리카락도, 낡은 승복의 어깨도 축축하게 젖었다.

나는 계산대에 앉은 채 남자의 행동을 힐끔힐끔 훔쳐보았다. 눈이 마주치는 건 정말 싫지만 괜히 신경이 쓰여서 자꾸 시선을 보내게 된다. 무서우면 더 보고 싶어지는 심리와 비슷한 걸까?

남자는 좁은 가게 안을 기웃거리다가 서류 봉투 10매 세트와 인스턴트 라면, 그리고 봉투에 든 마른 멸치를 세 봉지나 들고 계산대 앞에 섰다.

나는 최대한 빨리 계산기를 두드리고 말했다.

"2,478엔입니다."

남자가 내 말은 무시하고 거친 목소리로 묻는다.

"지장은 지금 뭐 하고 있나?"

"아, 예……. 오늘은 조금 피곤하신지 방에서 주무십니다."

남자가 나를 밀어젖히며 거실 안을 들여다본다. 그곳에는 아무도 없을 것이다. 야스 할머니와 나쓰미는 부엌에 있다.

딸랑.

처마 밑의 녹슨 풍경이 울었다.

빗발이 조금 강해진 듯하다.

"여긴 노인 둘만 사는 집이야. 자네들이 많이 도와 드려."

천 엔짜리 지폐 세 장을 내려놓으며 남자가 말했다.

"예……."

내가 거스름돈을 건네려 하니, 남자는 파리라도 쫓듯 손을 흔들며 "계산대에 넣어 놔."라고 했다.

"어, 그, 그래도……."

"넣어 놔."

거친 목소리에 매서움이 더해졌다.

"예……. 그럼."

나는 꺼내 든 거스름돈을 금전등록기에 도로 넣었다.

이 남자, 어쩌면 좋은 사람인지도 몰라……. 나는 그런 생각을 하면서 하얀 비닐봉지에 상품을 담아 건넸다.

"자네."

"예……."

"제물낚시 배웠다면서?"

봉투를 받으며 남자가 말했다.

"아직 서툴지만요."

"곧 날이 갤 거야. 비 그친 직후에 잘 잡히지."

남자는 툭 한마디 던지고 발길을 돌렸다.

나는 가게에서 나가는 그 뒷모습을 다급하게 불러 세웠다.

"아, 저기요."

남자가 발을 멈추고 돌아본다.

"멸치를 그렇게 많이, 뭐하시게요?"

"야차 주려고."

남자는 무뚝뚝한 목소리로 내뱉으며 문턱을 넘어섰다.

야차?

"아, 저기, 우, 우산은……."

"필요 없어."

이번에는 돌아보지 않고 가게에서 나가 버렸다. 비 따위 한 방울도 내리지 않는다는 듯.

나는 작아져 가는 그 등을 계산대 뒤에서 응시하며 "후우" 하고 숨을 한차례 내뱉었다. 뜻밖에도 경쾌한 한숨이었다.

남자 말대로 두 시간쯤 지나니 비가 그치고 해가 나왔다.

구름 사이로 폭력적인 여름 햇살이 지면을 쨍쨍 비추고, 아스팔트에서는 수증기가 피어올랐다.

나는 나쓰미에게 가게를 부탁한 다음, 지장 할아버지에게 낚싯대를 빌려 어깨에 걸치고 밖으로 나왔다. 가게 앞 공터를 가로지르면서 별생각 없이 동쪽 하늘을 바라보다 "헉" 하고 숨을 삼켰다.

동쪽 하늘에 눈이 번쩍 뜨일 만큼 아름다운 무지개가 걸려 있었다.

게다가 또렷한 쌍무지개다.

나는 급히 '다케야'로 돌아가서 나쓰미와 야스 할머니를 불러내어 함께 무지개를 보았다.

무지개를 바라보는 두 사람의 뒷모습을 사진에 담은 후, "물고기 잡아 올게."라며 손을 흔들고는 강변으로 이어지는 숲 속의 좁은 길을 내려갔다.

비 그친 후의 숲은 환상적이었다.

촉촉하게 젖은 가지와 잎 표면에 앉은 무수한 물방울들이 나뭇잎 사이로 쏟아지는 여름 햇살을 받아 프리즘처럼 반짝반짝 빛났다. 나는 발을 멈추고 조용히 주위를 둘러보았다.

다음 순간, 등과 양팔에 전율이 흘렀다.

수천만 개에 이르는 빛의 입자 한가운데에 내가 서 있는 것이었다.

유지매미 한 마리가 높은 나무 위에서 울기 시작했다. 그에 호응하듯 매미들이 여기저기서 일제히 노래했고, 비 그친 숲에 '한여름'이 와르르 끓어올랐다.

강변에 서서 여울을 향해 휙휙 낚싯대를 휘두르니, 실력 없는 내가 던진 미끼에도 신기하게 물고기가 달려들었다.

비 그친 직후에 잘 낚인다더니, 정말이네…….

한 마리 한 마리 낚을 때마다 무뚝뚝한 남자의 얼굴이 떠올랐다. 그러는 동안 가슴 깊은 곳에 가라앉아 있던 시커먼 응어리가 조금씩 풀어지는 듯했다.

그날 밤 '다케야'에서 폭죽을 구입하고 다쿠야와 히토미 가족도 불렀다.

나쓰미는 야스 할머니에게 선물 받은 옛날 유카타를 입고 싱글벙글했다. 쪽빛 바탕에 하얀 나팔꽃이 그려진 유카타인데, 소박하면서도 기품이 느껴졌다.

"싱고짱, 나 어때? 어울려?"

나쓰미가 내 앞에서 한 바퀴 빙그르르 돌았다. 차분한 느낌의 황금색 띠도 야스 할머니가 예쁘게 묶어 주었다고 한다.

"응. 멋진데?"

"그렇지?"

"누군가의 승복하고 같은 색이네."

괜히 쑥스러워서 놀렸다가 눈앞에 불꽃이 튀었다.

나쓰미의 딱밤은 아팠다…….

모두 모인 시각은 저녁 7시쯤이었다.

불꽃놀이는 아이들에게 맡기고 어른들은 마루에 앉아 야스 할머니와 나쓰미가 만들어 준 안주를 먹으며 술을 마셨다.

뒤뜰 툇마루에 놓인 아이스박스에는 얼음과 함께 맥주와 청주가 가득 들어 있다.

뒷산 대나무 숲에서 밤바람이 시원하게 불어와 툇마루 처마 밑으로 옮겨 둔 풍경을 딸랑, 딸랑, 기분 좋게 흔들었다.

불꽃이 타오른 후의 연기 냄새, 나쓰미의 유카타, 차가운 맥주, 그리고 방울벌레에 섞이기 시작한 귀뚜라미의 사랑 노래가 서서히 옅어져 가는 여름밤의 풍치에 애달픔을 더했다.

"오늘 달이 참 좋구나."

툇마루에 걸터앉은 야스 할머니가 고운 목소리로 말하자 모두 밤하늘을 올려다보았다.

"운게쓰 씨도 부를 걸 그랬나?"

지장 할아버지가 말했다.

"운게쓰 씨라면, 혹시?"

나쓰미가 고개를 갸우뚱한다.

그 물음에 내가 먼저 대답했다.

"승복 입고 다니시는 분이지요? 모처럼 다 모였으니 오시라고 하지요."

지장 할아버지가 고개를 살짝 끄덕이며 기쁜 듯 웃는다.

나쓰미는 조금 뜻밖이라는 얼굴로 나를 보았다. 나무라는 게 아니라 오히려 '제법인데?'라는 표정이었다. 조금 쑥스러워진 나는 바로 옆에 있는 폭죽을 손에 들어 양철통 안에 세워 둔 촛불에 대고 불을 붙였다.

탁, 타닥, 탁…… 하는 희미한 소리와 함께 그윽한 불꽃이 흩날리면서 중심의 불똥이 서서히 부풀어 오른다.

떨어지지 마. 여름이 끝나 버리잖아.

"싱고 군, 고마워."

지장 할아버지의 목소리가 웅크리고 앉은 내 등에 닿았다.

쑥스러워서 뭐라고 대답하면 좋을지 알 수 없었고 돌아보면 불똥이 떨어질 것만 같아서, 나는 그냥 못 들은 척했다.

다쿠야의 아버지인 야스하루가 운게쓰에게 전화를 걸었다. 하지만 운게쓰는 끝내 전화를 받지 않았다.

불꽃놀이가 모두 끝나고 보니, 조금 전까지만 해도 머리 꼭대기에 있었던 달이 대나무 숲 쪽으로 기울었다. 히토미가 크게 하품을 하자 다쿠야 가족은 집으로 돌아갔다.

나쓰미와 나는 마루에 널린 그릇과 폭죽 찌꺼기를 치웠다. 늘 아침이 이른 야스 할머니도 조금 피곤한 얼굴이어서 먼저 쉬시라고 했다.

툇마루에서 거실로 이동한 지장 할아버지는 "낮잠을 많이 잤더니 전혀 안 졸리네."라고 웃으면서 상 앞에 앉아 우리를 기다렸다.

잠시 후 정리를 마치고 거실로 들어가니, 지장 할아버지가 "셋이서 한잔 할까?"라며 잔을 벌컥 들이켜는 시늉을 한다.

"예이! 마시자, 마시자."

안쪽 방에서 주무시는 야스 할머니가 깨지 않게끔 나쓰미가 작은 목소리로 까불었다. 그러고 부엌으로 가서 곤냐쿠 요리와 머위 조림과 새우 야채 튀김을 가지고 나와 상 위에 놓았다. 나는 선풍기를 켜고 아이스박스에서 마시다 남은 청주병을 꺼낸 다음 술잔도 세 개 준비했다.

창밖에서 성급한 가을벌레들의 슬픈 노랫소리가 들린다.

"지장 할아버지, 이 찡, 찡, 찡, 찡 하고 우는 곤충 이름이 뭐예요?"

나쓰미가 술을 따르면서 물었다.

"이건 어리귀뚜라미야. 울음소리가 꽹과리 소리랑 비슷하지? 어쩐지 좀 쓸쓸해지는 음색이야."

분명 어리귀뚜라미의 울음소리엔 뭔가 숙연한 울림이 있었다. 가만히 귀 기울이니 흘러가는 우리의 여름을 1초씩 헤아리는 것처럼 들리기도 했다.

"남은 달력이 이제 너무 얇아. 아아, 올해 여름은 안 끝나면 좋겠는데……."

나쓰미가 조금 우울한 한숨을 쉬었다. 나도 그에 이끌려 무심코 한숨을 쉴 뻔했지만, 가까스로 꾹 참고 청주가 가득 담긴 술잔을 손에 들었다.

"아직 일주일은 남았어. 마지막까지 즐겨야지. 일단 건배하자."

나는 되도록 밝은 목소리로 말해 보았지만, '8월도 이제 일주일밖에 안 남았다'는 현실이 내 가슴을 찔렀다.

"그래, 싱고짱 말이 맞아. 그럼, 남은 일주일을 최대한 즐길 수 있도록, 건배!"

세 사람의 술잔이 상 위에서 쨍쨍 소리를 냈다.

밤이 깊어 가고 취기가 돌자 세 사람 모두 조금씩 수다스러워졌다.

"그 운게쓰라는 분, 어떤 사람이에요?"

볼이 발개진 유카타 차림의 나쓰미가 다리를 옆으로 펴고 앉으며 물었다.

"아아, 그 사람은 솜씨 좋은 불사란다."

"불사?"

"응. 불상 조각하는 사람. 이바라키 현이었던가? 그 지역 사찰 주지의 둘째 아들이라는군."

나는 불사라는 직업이 있다는 것도 몰랐다. 대학교 조각과에도 불사라는 코스는 없었던 것 같다.

"구체적으로 어떤 걸 조각하시는데요?"

내가 물었다.

"나도 자세히는 모르지만 운게쓰 씨한테 들은 바로는, 아미타불이라든가, 부동명왕이라든가, 십일면천수관음보살 같은 걸 조각하나 봐. 전국 사찰에서 의뢰를 받는 모양이야."

"호오. 천수관음이라니, 어렵겠다."

"그렇겠지. 조금 별난 거라면 칠복신의 변재천이라든가, 호테이라든가, 그런 것도 만든 적이 있다더라."

"흐음, 그렇구나. 그런데……."

나쓰미가 운게쓰의 겉모습을 떠올리려는지 문득 말을 멈추고 허공을 응시한다.

"그 무뚝뚝한 표정이랑 위압감이라면…… 부처님보다는 도깨비나 인왕상 같은 걸 잘 만드실 듯한데."

"아하하, 그러게."

내가 웃으니 지장 할아버지도 나직한 목소리로 "맞는 말이야."라며 웃었다.

"그 사람이 조각하는 불상은 마치 살아 있는 것 같단다. 그래서 불상에 생명을 불어넣는 천재라고들 하지. 나도 몇 번 본 적이 있는데, 정말 깜짝 놀랐어. 당장이라도 부처가 눈을 뜨고 말을 할 것 같더라고."

"대단하네요."

"응. 정말 대단한 사람이야. 조각하면서 불상이랑 중얼중얼 대화를 한다던데."

자신이 조각하는 불상에게 말을 거는 운게쓰. 상상해 보려 했지만 그럴듯한 영상이 그려지지 않았다.

"요즘은 뭐 조각한대요?"

"일목조로 보살상인가 뭔가 만든다고 했던 것 같은데. 오늘 그래서 전화를 안 받았는지도 모르겠군."

"일목조?"

처음 듣는 단어에 나쓰미가 고개를 갸웃한다.

"응. 통나무 하나로 불상 하나를 깎는 걸 그렇게 부른다더구나."

나쓰미와 내가 똑같이 "흐음." 하면서 술을 들이켰다.

딸랑…….

툇마루 처마 밑에서 풍경 소리가 흘러온다.

이어서 밀려오는 대나무 숲의 술렁거림.

창문으로 몰래 들어온 바람이 얼굴을 스치면서 솜털을 살짝 어루만지고 지나간다. 희미한 가을 냄새를 품은 애달픈 감촉의 바람이었다.

"그분, 이혼하셨다고요?"

나쓰미가 이렇게 물으면서 모두의 잔에 술을 따랐다.

"응. 아들이 하나 있는데, 양육비 보내는 거 힘들어 죽겠다고 종종 농담 삼아 투덜거리곤 하지."

할아버지의 말을 끝으로, 우리를 둘러싼 공간에 침묵의 구멍이 빠끔 열렸다.

찡, 찡, 찡, 찡…….

초침 같은 어리귀뚜라미 울음소리가 유난히도 가까이서 들리는 듯했다.

우리는 침묵이 어색하여 부지런히 술을 마시고 안주를 먹었다.

지장 할아버지도 이혼한 경험이 있다는 걸 알기에 나쓰미와 나는 어떤 말도 꺼낼 수가 없었다. 지장 할아버지가 자신의 과거를 되

돌아보는 듯 조금 멀리 눈길을 준다.

분위기를 바꾸고 싶은 나쓰미가 "다른 안주도 좀 갖고 올까요?"라고 환하게 웃었을 때, 지장 할아버지는 그야말로 진짜 지장보살처럼 온화한 미소를 지었다.

"나는……."

일어서려던 나쓰미가 다시 조용히 앉는다.

"운게쓰 씨가 부럽단다."

할아버지는 얼굴에 부처님 미소를 담은 채 술잔을 조금 기울여 청주로 입을 적셨다.

부럽다니?

나도 나쓰미도 그 말뜻을 헤아릴 수 없어서 묵묵히 할아버지의 입술이 움직이기만을 기다렸다.

"나한테도 아들이 하나 있는데……. 이런 몸이 돼 버려서 나는 양육비도 못 보내고."

지장 할아버지는 손에 들었던 술잔을 상 위에 탁 내려놓고 아직 반 정도 남은 청주를 응시했다. 지름이 5센티 정도 되는 둥근 수면이 형광등의 하얀빛을 받아 하늘하늘 흔들린다. 지장 할아버지의 입가에 아직 자그마한 미소가 걸려 있다.

나는 나쓰미를 흘끗 보았다. 나쓰미도 나를 보고 있다.

이럴 때 무슨 말을 해 드리면 좋을지…….

복잡한 기분에 가슴이 답답해진 나는 안타깝고도 슬픈 마음에 그만 음울한 한숨을 내쉬고 말았다. 한숨 소리가 입 밖으로 새어 나오지 않도록 세심한 주의를 기울이긴 했지만.

어리귀뚜라미의 울음소리에 문득 "직, 지지지직" 하는 유지매미의 짧은 비명이 섞였다. 거미줄에 걸린 건가? 아니면 잠꼬대라도 하는 걸까……? 나는 멍하니 그런 생각을 하면서 청주를 홀짝 들이켰다.

침묵을 깬 건 나쓰미였다.

"나, 지장 할아버지가 어떻게 살아오셨는지 듣고 싶다."

이 자리와는 전혀 관계없는 장소에서 느닷없이 던져진 것 같은 가벼운 대사였다. 마치 날씨 이야기라도 하는 것처럼 스스럼없는 말투다.

나쓰미의 엉뚱한 대사에 지장 할아버지가 얼굴을 들고 "아하하" 하고 웃는다.

"재미있지도 않은 인생 이야기, 들어서 뭐하게."

"무슨 말씀이세요, 재미없는 인생은 어디에도 없답니다. 사람은 누구나 자기만의 드라마를 만들면서 살아간다니까요. 우리 유치원 아이들한테도 인생 드라마가 있다고요. 그렇지? 싱고짱."

갑자기 내 이름이 불리는 바람에 "어, 으응……." 하고 얼버무리고 말았다.

나쓰미를 누가 당할 수 있을까…….

그런 내 마음을 지장 할아버지가 웃으며 대변해 주었다.

"정말 나쓰미한텐 못 당하겠네. 내 이야기를 하자니 쑥스러워서 말이야. 듣고 싶으면 술 좀 더 따라 주게."

"물론이지요."

나쓰미가 할아버지의 술잔에 청주를 넘치도록 따랐다. 그러면서 "태어났을 때부터 얘기해 주세요."라는 주문까지 넣는다.

지장 할아버지는 몇 번이나 "그리 대단한 이야기는 아니란다." 라고 못을 박은 후에야 한 마디 한 마디 이어가기 시작했다.

"내 아버지는 내가 어머니 배 속에 있을 때 결핵으로 돌아가셨단다. 어머니 혼자 힘으로 나를 키웠지. 나는 형제도 없어."

어두운 이야기부터 시작되었지만 할아버지의 얼굴은 오히려 편안했다.

"그러셨구나. 야스 할머니, 힘들었겠다."

나쓰미가 방 쪽을 흘끗 돌아본다. 야스 할머니가 주무시는 방이다.

"그러게 말이야. 그래도 옛날에는 마을에 사람이 많아서 가게도 어느 정도 운영이 됐고, 가난해도 그럭저럭 살아갈 수는 있었단다. 이웃 농가나 친척이 먹을 걸 갖다 주기도 했고, 나도 강에 나가 물고기랑 새우를 잡아서 요리해 먹곤 했지."

"그래서 물고기 잡는 방법을 많이 아시는군요?"

"그 시절에는 먹고살기 위해서 강에 갔으니까. 고기잡이가 능숙해질 수밖에 없었지."

지장 할아버지는 자신의 과거를 소중히 다루듯 담담하게 이야기를 이어 갔다.

"나는 아버지와 한 번도 만난 적이 없으니 어떤 사람인지 전혀 모르지만, 그런데 뭐랄까……. 생각하면 친밀감이 느껴져."

"신기하네요."

나쓰미가 고개를 갸우뚱한다.

"이름 때문인 것 같아."

"이름?"

내가 되물으니 할아버지가 천천히 고개를 끄덕였다.

"게조(恵三)라는 내 이름, 아버지가 지어 줬다고 해. 그러니 이 이름은 아버지가 내게 남겨 준 유산인 셈이지."

"유산이라……."

눈앞이 확 트이는 듯한 느낌에 나도 모르게 중얼거리고 말았다.

생각해 보면 이름만큼 부모의 마음이 담긴 것도 없으리라. 이름은 형태가 없으니 망가지거나 잃어버리는 일도 없다. 이보다 소중한 유산이 또 있을까? 싱고라는 내 이름도 언젠가 아버지가 돌아가시면 내게 유산으로 남겨지리라. 그렇게 생각하니 여태껏 신경도 안 썼던 내 이름에 깊은 친밀감이 느껴지는 것이었다.

"신기하게도, 누가 게조라고 부르면 아버지 생각이 난단다. 만난 적도 없는데, 참 신기하지."

눈물 많은 나쓰미는 감동적인 이야기라며 벌써부터 눈을 촉촉이 적셨다.

지장 할아버지는 외동아들이니 게조(恵三)의 '석 삼(三)' 자는 '셋째'라는 의미가 아닐 것이다.

내가 묻는다.

"세 개의 은혜라는 뜻인가요?"

"맞아."

지장 할아버지가 고개를 끄덕인 후 술을 벌컥 들이켰다. 말을 하나하나 소중히 음미하듯 이야기하기 시작한다.

"세 개의 은혜가 있으라는 의미를 담았다고 하더구나."

"세 개의, 은혜……."

나쓰미가 혼잣말처럼 중얼거렸다.

"응. 첫 번째 은혜는 이 세상에 태어난 기쁨. 두 번째는 부모에게 사랑받는 기쁨. 세 번째는 반려자와 함께 아이의 행복한 모습을 보는 기쁨이라는군."

"그렇구나. 멋진 이름이네요, 정말."

나쓰미는 말하면서 할아버지께 술을 따르고 자신은 보리차를 마셨다.

"나도 내 이름이 참 마음에 든단다. 한데 나는 불효자야. 세 번째를 이루지 못했어……."

할아버지가 후우, 하고 자그맣게 탄식했다.

끝내 저버린 세 번째 은혜. 반려자와 함께 아이의 행복한 모습을 보는 기쁨.

지장 할아버지는 이혼했기에 이루지 못한 것이다.

"옛날에는 몸도 튼튼하고 성격도 활발했지. 주로 공사 현장에서 일했는데……. 싱고 군, 후나바시(船橋)라는 곳 아는가?"

"네. 사진작가 지망생 친구가 거기 살거든요."

"그렇구나. 나도 옛날에 후나바시에 살았단다. 거기서 아내를 만나 결혼하여 아들을 낳았지. 아들이 태어나고 얼마 지나지 않아, 건설 현장에서 사고를 당하는 바람에 내 몸이 이렇게 돼 버렸단다."

작업 중에 무너진 건설자재 밑에 깔려 척수를 다친 데다 뇌타박상까지 입고 말았다.

그로부터 한 달 정도 의식불명인 채로 병원에서 지내다 수술을 받고 눈을 떴을 때는 몸을 전혀 움직일 수 없는 상태였다.

맹렬한 통증으로 움직일 수 없는 건 우반신뿐, 좌반신에는 통증조차 없었다.

아프지 않은데 몸을 움직일 수 없다…….

그 사실에 불길한 예감을 느끼던 차에, 의사의 단호한 선고가 귀를 때렸다.

"유감스럽게도 좌반신을 쓸 수 없게 되었습니다. 단, 경우에 따라서 재활 치료로 어느 정도 회복할 수는 있습니다."

악몽 같은 선고에 지장 할아버지는 반듯이 누운 상태로 병상에 고정된 채 한없이 울었다. 눈물이 양쪽 귀로 흘러내리는데 간지럽게 느껴지는 건 오른쪽 귀뿐이었다.

왜 나만 이런 일을 당해야 하는가? 아버지가 없는 집에 태어나 어머니를 고생시키면서 살아왔다. 이제 겨우 성인이 되어 결혼하여 아이도 낳고 어머니께 효도하며 행복하게 살아가려는데…….

"그때는 눈앞이 캄캄했지. 문병 온 어머니의 눈은 늘 퉁퉁 부어 있었어. 아내는 하루가 다르게 수척해졌고……. 매일 안 좋은 생각만 들었단다. 기구로 머리가 고정되어 있어서, 눈을 뜨면 매일 똑같은 하얀 천장만 보였으니."

나는 술 마시는 것도 잊은 채 그 당시의 지장 할아버지와 야스 할머니가 어떤 마음이었을지 상상했다. 할아버지는 분명 자기 몸보다 주위 사람들의 처지를 더 염려했을 것이다.

"묘하게 조용한 겨울날이었어. 하얀 천장을 멍하니 보다가 문득 깨달았지. 나는 말이야……."

할아버지는 목이 메는지 말을 제대로 잇지 못했다.

"그때……, 아내한테서 세 번째 행복을 빼앗아선 안 될 것 같더구나."

나쓰미의 눈에서 닭똥 같은 눈물이 뚝 떨어졌다.

"그래서 아내한테 이혼하자고 했단다. 젊었을 때라 다시 시작할 수 있겠다 싶어서."

아내와 아이의 행복을 위해.

"그래서 이혼을……."

내 목소리가 갈라져서 나왔다.

"울면서 싫다고 하는 아내를 겨우 설득해서, 어머니한텐 비밀로 하고 입원 중에 이혼했단다. 곧 친정으로 돌려보냈지. 지금도 잘한 일이라고 생각해. 다만, 이런 몸이 되어 버려 기미히데한테 양육비도 못 보내 준 게 마음 아플 뿐이지."

"기미히데?"

나쓰미가 둥글게 뭉친 휴지를 코에 대고 울음 섞인 목소리로 물었다.

"하나뿐인 아들 이름이란다."

"어떤 한자를 쓰는지요?"

"거기 있는 메모지랑 볼펜 좀 가져다주겠나?"

나는 뒤쪽 전화 선반 옆에 있는 메모지와 볼펜을 할아버지께 건넸다.

할아버지는 한 획 한 획 마음을 담아 '蒲公英'라고 적었다.

"무슨 뜻인가요?"

"민들레야. 민들레에서 제일 앞의 '포(蒲)' 자를 떼고 기미히데(公英)라 부르기로 했지."

문득 생각났다. 별채 현관 앞에 핀 민들레 세 송이.

"그렇구나, 그래서 민들레를 아끼시나 봐요."

나쓰미도 같은 생각을 한 모양이었다.

"응. 민들레는 강한 꽃이어서 밟혀도 자기 힘으로 일어난단다. 사랑할 수밖에 없는 꽃이야."

"아드님도 멋진 이름을 선물 받았군요……."

"고맙다. 나쓰미한테 그런 말을 들으니 기쁘구나."

지장 할아버지의 얼굴은 웃고 있지만, 마음의 반은 과거를 헤매는 듯 보였다.

나는 기미히데라는 인물에 대해 생각했다.

지장 할아버지의 아들이자 야스 할머니의 손자. 어떤 사람이고, 지금 어디에 살고 있을까?

지장 할아버지가 이름으로 아버지에게 친밀감을 느꼈듯이, 기미히데도 자신의 이름에 같은 마음을 품길 바랐다.

"이혼한 후로는 한 번도 안 만나셨어요?"

"응. 안 만나는 게 좋을 것 같아서."

"그래도 보고 싶으시죠?"

나쓰미의 직설적인 물음에 할아버지는 또 "나쓰미한텐 정말 못 당하겠네."라며 희끗희끗한 머리를 긁적이더니 옆에 있던 두루주머니에서 지갑을 꺼냈다. 돌아가신 우리 할머니가 사용했던 것 같은 물림쇠 달린 허름한 갈색 지갑이었다.

할아버지가 그 지갑 안에서 작은 사진 한 장을 조심스레 꺼내어 상 위에 놓는다.

"사진으로 충분해."

낡은 흑백사진이었다. 가장자리는 너덜너덜하고 오른쪽 끝이 약간 찢어졌다. 옛날 사진이라 색깔도 바랬고 군데군데 갈색 얼룩이 눈에 띈다.

그래도 갓 태어난 아기를 사랑스럽게 안은 엄마의 표정은 그때 모습 그대로 남아 있었다. 아기는 아몬드 모양의 까만 눈을 카메라 렌즈를 향해 똑바로 뜨고 있다.

"부인, 다정해 보여요. 아기는 정말 귀엽네요……."

나쓰미가 충혈된 눈을 가늘게 뜨며 방긋 미소 지었다.

지장 할아버지는 아무 대답 없이 그저 온화한 얼굴로 상 위의 사진을 내려다보았다. 그 시선은 왠지 사진 저편에 펼쳐져 있었을 당시의 풍경까지 바라보는 듯했다.

할아버지가 모기처럼 작은 목소리로 말한다.

"역시, 괴롭더구나……."

나쓰미와 나는 상 위의 사진을 들여다보다가, 그 말에 덜컥 놀라 할아버지를 보았다.

"가족이 헤어진다는 건 슬픈 일이야……."

갈라진 할아버지의 목소리가 나쓰미와 나에게서 말을 앗아갔다.

어리귀뚜라미와 방울벌레가 노래를 멈추자, 산골 마을이 쓸쓸한 정적에 감싸였다. 은은하게 빛나던 달이 산 너머로 가라앉으니, 창밖에 끝없는 어둠만 계속되었다.

이 집만 깊은 바닷속에 가라앉은 듯한 느낌.

그때.

딸랑, 딸랑…….

풍경이 울었다. 뒷산의 대나무 숲이 마치 살아 있는 것처럼 웅성거렸다. 밤바람이 창문으로 슬그머니 들어와 상 위의 낡은 사진을 쓰윽 바닥으로 떨어뜨렸다.

그걸 조심스레 주워서 상에 올리려다가 사진 뒷면에 적힌 글자를 보았다.

고마워

만년필로 적은 듯한 남색 글씨. 인화지가 부식된 탓에 조금 흐릿했다.

"할아버지, 이건?"

남색 글자를 보는 내 가슴이 왜 그런지 두근거렸다.

할아버지는 희끗희끗한 머리를 긁적이며 나쓰미에게 "한 잔 더 주겠나?"라고 부탁했다. 나쓰미가 따라 준 청주를 조금만 입에 머금었다가 충분히 음미하고 넘긴다.

다시 혼잣말하듯 이야기를 이어 간다.

"나는 말이야……. 아내랑 헤어진 걸 지금도 후회하지 않아. 그런데 딱 한 가지 후회스러운 일이 있단다……."

지장 할아버지는 술잔에 남은 술을 쭈욱 들이켠 후 사진 뒷면의 세 글자를 응시하며 말했다.

"어릴 때 어머니가 종종 이런 말을 해 준 기억이 있단다. 게조, 엄마 아들로 태어나 줘서 고마워, 라고. 외동인 데다 아버지가 없어서 어린 마음에 외로웠지만, 그래도 매일 밤 이불 속에 들어갈 때마다 어머니가 그렇게 말하면서 이마를 쓰다듬어 주시면 왜 그런지 마음이 편안해지면서 잠도 잘 왔던 것 같아."

나쓰미가 야스 할머니 방 쪽을 돌아본다. 나도 자연스럽게 같은 방향을 보았다. 할머니다운 말이라고 생각하면서.

"나 때문에 어머니가 고생한다는 걸 어린 마음에도 알고 있었거든. 마음 한구석에 늘 죄책감이 있었지……. 생각해 보면 내가 지금껏 살아올 수 있었던 건 어머니가 매일 밤 그렇게 말해 줬기 때문인 것 같단다. 그래서 말이다, 내가 정말로 후회하는 건……, 아내랑 헤어진 일이 아니라……."

할아버지는 여기까지 말하고 숨을 깊이 들이마셨다.

"내 아들에게 어머니가 해 준 말을 똑같이 해 주지 못했다는 거……."

할아버지는 그래서 사진 뒷면에라도 적어 두고 싶었던 걸까? 이 세 글자에는 '내 아들로 태어나 줘서 고마워'라는 아주 특별한 의미가 담겨 있었다.

나는 상 위의 세 글자에서 시선을 들어 지장 할아버지를 바라보았다.

그 순간 가슴이 덜컥 내려앉았다.

어떤 상황에서도 온화한 미소를 잃지 않는 지장 할아버지의 입술이 시옷자로 일그러져 있었던 것이다.

울고 계셨다.

소리 없이.

꽉 감은 두 눈에서 물방울이 주르르 흘러 술잔 앞에 뚝뚝 떨어졌다.

어떻게 해야 할지 모르는 나와는 대조적으로, 나쓰미는 가만히 할아버지 곁으로 다가가 등을 어루만져 드렸다. 휴지를 건네고, 눈물을 닦게 하고, 코를 풀게 했다.

그런 다음, 나쓰미다운 말을 건넸다.

"지장 할아버지……. 우리랑 만나 주셔서, 정말 고마워요."

아차 싶었을 땐 이미 늦었다. 내 눈시울이 돌이킬 수 없을 정도로 뜨거워지고 말았다. 급히 손가락으로 닦는다.

나쓰미의 말에 지장 할아버지는 울다가 웃으며 "나쓰미도 싱고도 정말 좋은 아이들이구나."라고 떨리는 목소리로 말했다.

처마 밑의 풍경이 딸랑, 하고 운다.

애절한 음색이 내 가슴에 문신처럼 새겨져 평생 지울 수 없으리라는 생각마저 들었다.

지장 할아버지는 충혈된 눈으로 젊은 시절 이야기를 들려주었다. 강에서 놀고, 산나물을 캐러 다니고, 또 땅벌을 채집하고, 과실주도 만들어 마셨다고 했다.

"이제 곧 여름이 끝나는구나. 내년 봄엔 죽순 캐러 오너라."

“네, 올래요.”라고 나쓰미가 말한다.

“우리 뒷산에서 나는 죽순은 특별히 맛있단다. 옛날부터 죽순산이라 불릴 정도니까.”

“우와아, 먹어 보고 싶다.”

나는 무심코 저 멀리 대나무 숲 쪽을 바라보았다.

“그때 오면 정말 맛있게 먹는 방법을 가르쳐 주마.”

“어떻게요? 어떻게 해서 먹나요?”

나쓰미는 충혈된 눈으로 몸을 앞으로 쑥 내밀었다.

“우선 땅속에서 아직 나오지 않은 죽순을 찾아야 해. 지카타비(바닥에 고무를 붙여 야외에서 신을 수 있도록 만든 일본식 버선이다. 작업용으로 많이 신는다 : 옮긴이)를 신고 발바닥 감각에 집중하며 산을 걸어 다니다 보면 낙엽 밑에 살짝 올라온 부분이 느껴질 때가 있단다.”

“땅 위로 올라온 죽순은 안 되나요?”

“땅 위에 나온 아이로는 안 돼. 땅속에 있는 죽순을 찾았으면 그 주변 낙엽을 갈퀴로 깨끗이 청소한단다. 그러고 죽순 바로 위에 모닥불을 피우는 거지.”

“어, 죽순을 캐는 게 아니고요?”

“응, 산 채로 땅속에서 찌는 거란다. 죽순은 말이지, 신선도가 제일 중요하거든. 산 채로 가열하는 게 최고야.”

“우와아, 먹어 보고 싶다……. 그치? 싱고짱.”

“응. 진짜 맛있겠다.”

"그 맛은 뭐, 이루 말할 수가 없지. 죽순을 땅에서 파내어 껍질을 벗기면 스위트콘 냄새가 난단다. 먹으면 달콤하고 말랑말랑한 게 참 맛있어."

나도 모르게 꿀꺽, 하고 침을 삼켰다.

나쓰미도 "한밤중에 배가 고프다니……. 이러면 안 되는데."라며 눈꼬리를 내리고 웃었다.

"할아버지, 꼭 약속이에요. 내년 봄에 그 엄청나게 맛있는 죽순, 꼭 같이 먹어요."

"응, 약속하마. 먹으면 깜짝 놀랄 거야. 기대해도 좋아."

"자, 새끼손가락 걸어요. 싱고짱도 얼른. 셋이서 약속해."

나쓰미가 재촉하여 우리 세 사람은 상 위에서 아이처럼 새끼손가락을 마주 걸고 굳게 약속했다.

며칠 후 아침, 평소보다 일찍 일어났다. 일어나니 5시였다. 애용하는 캐논과 낚싯대를 들고 살금살금 별채 현관을 나선다. 나쓰미는 아직 이불 속에서 쌕쌕 숨소리를 내고 있다.

현관 앞의 민들레 세 송이가 꽃잎을 약간 오므리고 있다. 뾰족뾰족한 잎은 땅에 찰싹 붙은 채 뻗어 있고, 그 위에 아침 이슬이 올망

졸망 모여 영롱한 빛을 낸다.

터키석 빛깔 하늘에는 구름 한 점 없다.

일찍 일어난 매미들은 벌써부터 암컷을 부르는 사랑 노래를 시작했고, 작은 새들은 수다 떠느라 여념이 없다.

나는 공터를 가로질러 촉촉이 젖은 숲 속 경사면을 내려갔다.

강변은 오늘도 맑은 숲 내음으로 가득했다. 나는 낚싯대를 자갈 위에 놓고 힘껏 기지개를 켰다.

작은 새들의 노래가 음표가 되어 머리 위로 살랑살랑 떨어진다. 졸졸 흐르는 물소리, 나뭇잎들이 부드럽게 스치는 소리…….

흡족한 기분으로 샌들을 신은 채 강으로 첨벙첨벙 들어갔다. 장어잡이용 주낙을 들어 보았지만, 안타깝게도 오늘은 수확물이 없었다.

어구를 회수하여 강변에 두고 이번엔 제물낚시를 던졌다. 몇 번이나 시도했지만 한 마리도 낚지 못했다.

더 일찍 일어나야 낚을 수 있으려나…….

강변에 우두커니 선 채 낚시를 포기할지 미끼를 바꿔 볼지 고민하는데, 시야 구석에서 뭔가가 움직였다. 반사적으로 그쪽을 본다. 하류 쪽에 사람의 모습이 비쳤다.

내가 "아……." 하고 목소리를 낸 것과 거의 동시에 사람이 이쪽을 향해 발을 내디뎠다.

운게쓰였다.

늘 입고 다니는 승복에 샌들 차림으로 내 옆에 와서는 수염에 파묻힌 입을 움직인다.

"솜씨가 형편없군."

나는 어떻게 대답하면 좋을지 몰라 일단 인사부터 했다.

"아, 안녕하세요."

"안 낚이지?"

내 인사에는 대답하지 않고 여전히 무례한 말을 내뱉는다.

"예, 안 낚이네요."

"줘 봐."

"예?"

"낚싯대."

나는 지장 할아버지께 빌린 낚싯대를 운게쓰에게 건넸다.

"5미터쯤 떨어져서 따라와."

운게쓰는 이렇게 말하고 강에서 멀찍이 떨어져서 걸으며 상류로 향했다. 한참을 거슬러 올라가서 물고기가 있을 것 같은 포인트에 도달하자, 천천히 강 쪽으로 몇 걸음 다가가 큰 바위 그늘에 몸을 숨기듯 자세를 취하고 낚싯대를 앞뒤로 흔든다.

휙, 휙, 휙…….

역광 속에 황홀하리만치 아름다운 호가 그려진다.

다음 순간 수면이 촥 갈리면서 미끼로 물고기가 달려들었다. 운게쓰가 낚싯대를 홀쩍 세우고 재빨리 라인을 끌어당긴다.

"이렇게 낚는 거야."

운게쓰의 손안에서 황어가 몸부림친다. 은빛 비늘이 신선한 아침 햇살을 받아 반짝반짝 빛났다.

"어떻게 하신 거예요?"

"자네처럼 강에 그림자를 남기면 안 되는 거야."

즉, 물고기가 경계하지 않도록 하는 것이다.

"해 보겠나?"

"아, 아뇨. 그보다 시범을 한 번 더 보여 주십시오."

"이 물고기는?"

"놔줄까요?"

운게쓰는 얕은 여울로 들어가 조심스레 물고기를 놔주었다. 그러고 조금 걸어가더니 다시 낚싯대를 흔든다.

이 기회를 어찌 놓칠쏘냐. 나는 잽싸게 캐논을 들었다. 역광 속에 드러난 낚싯대의 예술적인 움직임을 빠른 셔터 스피드로 연속 촬영했다.

운게쓰는 이번에도 가뿐하게 황어를 낚아 올렸다. 물고기를 들고 낚싯바늘을 빼내면서 거친 목소리로 말한다.

"사진을 찍었으면 모델료를 줘야지."

"어……."

운게쓰는 할 말을 잃은 나를 돌아보지도 않고 강물에 물고기를 살짝 놔주었다.

내가 그 등에 대고 '죄송합니다'라고 사과하려던 순간, 운게쓰가 돌아보고 싱긋 웃는다. 개구쟁이 같은 표정으로.

"바보, 농담이야."

"아……."

"코 묻은 돈 뺏을 만큼 가난하진 않아."

아주 짧은 순간이긴 하지만 서로 마음이 닿은 듯한 느낌이 들어서 큭 하고 웃고 말았다. 나는 "멋지게 찍혔습니다."라고 하며 운게쓰에게 카메라 뒷면 모니터를 보여 주었다.

슬쩍 본 운게쓰가 무뚝뚝한 목소리로 말한다.

"솜씨가 형편없군."

"어……."

"낚시보단 낫네."

운게쓰가 또 개구쟁이 미소를 지었다. 무시당한 나도 그 미소에 이끌려 "에헤헤" 하고 웃고 말았다.

상류 쪽에서 쓰르람 쓰르람……, 하는 애수에 찬 울음소리가 강바람을 타고 흘러온다.

"쓰르라미군."

눈부신 듯 나무숲을 올려다보며 운게쓰가 중얼거렸다.

머리 위 나무들에서 아침에는 보기 힘든 애매미가 울고 있다. 한여름을 장악했던 유지매미와 참매미는 어느새 소수파로 전락했다.

"여름도, 곧 끝나겠네요……."

"이제 9월이니."

나직이 대답한 운게쓰는 낚싯대를 나에게 건네면서 "산책하던 중이었어. 그만 가야겠네."라며 발길을 돌렸다.

"감사합니다."

상류 쪽으로 걸어가는 우락부락한 등을 향해 소리 질러 보았지만, 역시 대답은 없었다.

강변에서 올라와 '다케야' 앞에 이르니 마침 가게 앞 버스 정류장에 크림색과 팥죽색의 투톤 컬러 버스가 막 도착한 참이었다. 여름방학이 끝나고 어제 개학한 다쿠야와 히토미가 책가방을 둘러메고 버스에 올라탄다. 지장 할아버지는 수호신처럼 가게 앞에 서서 싱글벙글 웃으며 그 모습을 지켜보고 있다. 나는 "안녕히 주무셨어요."라고 인사하며 할아버지 곁에 나란히 섰다.

버스가 움직이기 시작하자 창문 하나에 얼굴을 나란히 내민 다쿠야와 히토미가 "다녀오겠습니다!"라며 씩씩하게 손을 흔든다.

"즐겁게 다녀오너라."

지장 할아버지도 손을 흔든다. 나도 함께 손을 흔들어 주었다.

시가지 쪽으로 내려가는 버스가 첫 커브를 돌아 보이지 않을 때까지 할아버지는 줄곧 거기 서 있었다.

별채로 돌아오니 나쓰미는 벌써 일어나서 옷도 갈아입은 후였다.

"일어났네? 아까 강에서……."

운게쓰 씨 만났다, 라고 말하려는데, 나쓰미가 평소답지 않게 내 말을 끊는다.

"죽었어."

"응?"

뜻밖의 말에 똑같이 되묻고 만다.

"죽었어?"

"럭키가……."

등딱지가 파래서 먹지 않고 기르기로 했던 비단게다. 여름 내내 나쓰미가 귀여워하며 정성껏 돌봤는데.

"어, 왜? 먹이도 꼬박꼬박 줬잖아."

말하면서 어항을 들여다보니 정말로 럭키가 죽어 있다. 가엾게도 다리를 굽힌 채.

"자세히 봐 봐. 몸이 퉁퉁 불었어."

"탈피하려다 실패했구나. 벗다가 만 껍질이야."

나쓰미는 "하아……." 하고 무거운 한숨을 쉬고는 "땅에 묻어 줘야겠다."라며 나를 올려다보았다.

럭키의 묘는 뒤뜰 구석에 만들었다. 그냥 구덩이를 파고 사체를 묻고 작은 돌멩이를 올려 뒀을 뿐이지만.

나쓰미는 묘 앞에서 엄숙한 표정으로 손을 모은 채 옆에 있는 나를 향해 불쑥 중얼거렸다.

"여름이 다 끝나 가……."

그날 오후에 나쓰미는 골판지 상자에서 유치원 물품을 꺼내어 열심히 수업 준비를 했다.

나는 멍하니 가게를 지켰다. 이날은 아무리 기다려도 손님이 한 사람도 오지 않았다.

산골 마을에 쓰르라미의 구슬픈 노랫소리가 울려 퍼지기 시작할 즈음에, 도시에서 나들이 온 듯한 커플이 마지막 남은 '어린이 불꽃놀이 세트'를 사 갔다.

이 가게에서 여름 냄새가 사라졌다.

나는 왠지 마음이 답답해져서 툇마루 처마 밑의 풍경을 가게 앞으로 옮겨 달았다.

다시 계산대 뒤 의자에 걸터앉아 처음 '다케야'에 왔을 때를 회상하며 풍경만 멍하니 바라보았다. 풍경을 울려 줄 바람은 아무리 기다려도 불어오지 않았다.

저녁 식사 때도 우리는 잔뜩 풀이 죽어 있었다.

"내일부터 또 둘만 남는다고 생각하니 좀 허전하구나."

밥그릇 위에 젓가락을 놓고 야스 할머니가 쓸쓸한 듯 말했다.

"아들딸을 한꺼번에 보내는 것 같구먼."

지장 할아버지도 오늘따라 저녁밥이 잘 넘어가지 않는 모양이었다.

"두 분 다 내일 울지 않기예요. 나, 따라 울지도 몰라."

나쓰미의 말에 나는 이미 울고 싶은 기분이었다.

"이번 여름은 내 인생에서 가장 즐거운 여름이었어."

야스 할머니가 벌써부터 울려고 한다.

"아직 울면 안 돼. 내일까지 아껴 둬야지. 눈물 낭비잖아."

지장 할아버지가 야스 할머니를 놀렸다.

쓸쓸하게 웃으면서 "늙은이 눈물은 금세 마르니 괜찮아."라고 농담을 하는 할머니의 눈이 더 촉촉해지려 한다.

"정말……."

지장 할아버지가 마치 한숨처럼 조용히 중얼거린다.

"여름이 안 끝나면 좋겠구먼."

그건 이 자리에 있는 네 사람의 공통된 마음이었다.

여름방학 최후의 만찬은 이렇게 술도 없이 조용히 끝났다.

식후에 나쓰미와 나는 평소처럼 온천 여관 '쓰쿠요미장'에 갔다. 노천탕에 느긋하게 몸을 담근 후 한 달 넘게 신세졌던 주인 할머니께 인사하고 '다케야' 별채로 돌아왔다.

야스 할머니가 예사롭지 않은 얼굴로 별채에 뛰어든 것은 아직 우리 머리카락이 마르지도 않았을 때였다.

갑자기 현관의 미닫이문이 드르륵 열리고 야스 할머니의 급박한 외침이 들렸다.

"시, 싱고 군, 게조가, 복도에서……."

나쓰미와 나는 야스 할머니의 심상치 않은 목소리에 벌떡 일어나 '다케야'를 향해 달렸다.

"할아버지!"

먼저 소리친 건 나쓰미였다.

불꽃놀이를 했던 툇마루 바로 앞 복도에 지장 할아버지가 엎드린 자세로 쓰러져 있다. 양손이 몸체 옆에 축 늘어져 있는 걸로 봐서 쓰러질 때 타격이 컸을 것이다.

"나쓰미, 구급차!"

나는 소리치면서 할아버지 옆에 쭈그리고 앉았다.

침착해. 침착해야 해.

마음속으로 되뇌며 옆을 향하고 있는 할아버지의 얼굴을 보았다. 눈은 감았고 코피가 조금 흘렀다. 쓰러질 때 부딪혔는지도 모른다. 목덜미에 조심스레 손을 댄다. 맥이 뛴다. 체온도 있다. 코앞에 집게손가락을 대 보니 약하긴 해도 호흡이 느껴졌다.

거실에서 나쓰미의 목소리가 새어 나온다. 119와 연결된 모양이었다.

"할머니, 여기 주소요!"

어찌할 바를 모르고 복도에 서 있던 야스 할머니가 다급히 거실로 향한다.

마당의 풀숲에서 귀뚜라미들의 농밀한 울음소리가 흘러든다.

등 뒤의 대나무 숲이 술렁거린다.

지장 할아버지…….

나는 그저 마음을 다해 기도했다.

산간 마을에 구급차 사이렌 소리가 울려 퍼지기 시작한 것은 그로부터 30분이나 지난 후였다.

3장

아이바 싱고의 '눈물'

오후 6시경, 학교에서 집으로 돌아왔다.

나는 냉큼 샤워를 하고 옷을 갈아입은 후 작은 여행 가방에 이틀분의 티셔츠와 속옷을 챙겨 넣었다.

TV를 켜니 저녁 뉴스가 흘러나왔다.

마침 일기예보가 시작되기에, 편의점에서 사 온 고로케를 우물우물 씹으면서 화면을 유심히 들여다보았다.

오늘 밤부터 이틀간 맑은 가을 날씨가 이어진다고 한다.

기온은 30도까지 오를 모양이다.

목이 막혀 입안에 있는 빵을 커피 우유로 넘겼을 때, 밖에서 부릉부릉, 하는 익숙한 배기음이 들렸다. 잠시 후 계단을 오르는 경쾌한 발소리가 들리고 곧 초인종이 울렸다. 내가 "열려 있어."라고 하자, 헬멧을 손에 든 나쓰미가 "제법 막히더라." 하면서 문을 밀어젖힌다.

"준비 다 했어?"

현관에 선 채 나쓰미가 묻는다.

"응, 방금 끝났어."

TV를 끄고 가스를 잠그고 문단속을 하고 가방을 어깨에 짊어진다.

"그럼, 가 볼까?"

"응."

둘이서 왜건R에 올랐다.

집 앞의 좁은 골목길을 빠져나가 국도로 합류한다. 퇴근 시간이라 정체가 심했다.

게요(京葉) 도로를 달리다가 에도가와(江戸川)를 건너 지바(千葉)현에 진입했을 때에는 가을 해가 완전히 저물고 그 대신 동그란 달이 밤하늘에 두둥실 떠 있었다.

"싱고짱, 달이 유난히 큰 것 같지 않아? 아, 참. 오늘이 보름이던가? 음력으로 8월 15일."

조수석에 앉은 나쓰미가 시트에 등을 맡긴 채 이쪽을 보며 말했다.

"응. 아까 뉴스에서 그러더라."

"아무리 그래도 달이 참 크다. 8월 대보름이라 그런가? 달은 커 보일 때도 있고 작아 보일 때도 있더라. 지구랑 거리는 똑같을 텐데. 왜 그럴까?"

나쓰미가 소박한 의문을 던진다. 나는 이런 나쓰미가 좋다.

"지구에서 달까지 거리, 사실은 일정하지 않아. 달은 타원궤도를 도니까."

"어, 그래?"

"응. 단순히 거리 차이로 달이 커 보였다 작아 보였다 하는 거야."

"호오, 몰랐어."

"거리 차이도 있지만 딱 지금처럼 달이 낮은 위치에 있을 때 유독 커 보이기도 해. 건물이라든가 산이라든가 나무라든가 그런 비교 대상물이 달 가까이에 있으면 착시 현상으로 커 보이는 거야."

"그럼, 지금 보이는 달도 조금씩 위로 올라갈수록 작아져?"

"그렇지. 그리고 8월 대보름은 달과 지구와 태양이 최적의 각도를 이뤄서 달빛이 가장 밝아 보이는 날이야. 크기 문제가 아닌 거지."

"호오, 그렇구나. 하나 배웠네. 싱고짱은 아는 게 많구나."

나쓰미가 대놓고 감탄하기에 나는 큭 하고 웃었다.

"응? 왜 웃어?"

"아까 봤던 일기예보에서 들은 거지롱."

"뭐야. 모처럼 칭찬해 줬는데. 속은 기분이잖아."

나쓰미가 웃으면서 팔꿈치로 내 어깨를 쿡 찌른다.

"그래도 달이 커 보이는 이유는 원래부터 알고 있었다고."

"언제부터?"

나는 목에 덜컥 걸려 버린 말을 힘껏 밀어냈다.

"지장 할아버지가 가르쳐 주셨어……."

"그랬구나……."

나쓰미는 힘없이 중얼거리며 앞쪽에 뜬 보름달을 가만히 바라보았다. 게요 공업지대 바로 위에 떠 있는 달은 신기할 정도로 커 보였다.

나는 연한 귤색으로 빛나는 그 밤하늘의 동그라미 속에 지장 할아버지의 온화한 웃음을 그려 보았다.

"눈이 착각해서 달을 크게 보는 거라고 가르쳐 주셨을 때……."

"응……."

"정말 좋은 이야기를 해 주셨어."

"어떤?"

"인간은 무엇과 무엇을 비교할 때 늘 착각을 일으킨대. 그러니 자신을 타인과 비교해선 안 된다고."

나쓰미는 묵묵히 달을 응시했다.

나 혼자 계속 지껄인다.

"타인과 비교하면 내게 부족한 것만 보여 만족을 모른대. 생각해 보니 정말 그런 것 같아."

지장 할아버지가 해 준 이 말은 사진학과 친구들을 따라가지 못해 초조해하던 나에겐 더할 나위 없이 적절한 조언이었다.

그때까지 나는 타인과 늘 비교하며 어떻게든 뒤지지 않으려고 사진을 찍었다. 그러니 아무리 열심히 셔터를 눌러도 마음이 움직일 만한 작품이 찍히지 않았던 것이다. 지장 할아버지께 가르침을 얻고부터 내 의식은 확실히 변했다. 최고의 사진을 찍기 위해 오로지 내 감성에만 집중하게 되었다.

그 후로는 내가 찍는 사진이 하루가 다르게 나다워지고 있다는 게 느껴졌다. 작품이 좋고 나쁘고를 떠나 스스로 셔터를 눌러 잘라낸 한순간의 풍경에 깊은 애착을 가지게 된 것이다. 사진을 찍는 행위 자체가 옛날처럼 진심으로 즐거워졌다.

"이런, 싱고짱. 뒤차가 답답한가 봐."

"엇……."

추월 차선에서 멍하니 달렸으니 뒤에서 따라오는 BMW가 짜증이 났을 것이다. 나는 급히 핸들을 꺾어 주행 차선으로 돌아갔다. BMW가 곧 맹렬한 속도로 추월한다.

"타인과 비교하면……. 분명 다른 집 잔디가 더 푸르게 보여."

나쓰미가 작아져 가는 BMW의 미등을 바라보며 말했다.

"응, 신기하지."

운게쓰 씨가 부럽단다…….

그날 밤 지장 할아버지 입에서 흘러나온 애통에 찬 대사가 떠올랐다.

지장 할아버지처럼 온화하고 인품이 훌륭한 사람도 역시 타인과 비교하며 괴로워할 때가 있었다.

있었다……? 과거형으로 생각했다는 걸 깨달았을 때 내 가슴이 쓰라렸다. 그 감각이 전염되었는지 나쓰미가 침울한 목소리로 말한다.

"야스 할머니, 괜찮으실까?"

"전화로는 잘 계신다고 했는데."

말씀은 그렇게 하셨지만 목소리는 쓸쓸했다. 그래서 지금 이렇게 일정이 모두 끝난 금요일 저녁, '다케야'로 가고 있다.

2주 전, 지장 할아버지가 쓰러진 그날 밤.

우리는 구급차와 왜건R에 나눠 타고 시민병원 병설 구명 구급센터로 향했다. 나쓰미와 내가 달력을 샀던 마트 바로 옆의 5층짜리 병원이다.

병원에 도착했을 때 지장 할아버지는 혼수상태였다. 긴급 검사 결과, 뇌동맥류가 파열되었다는 진단이 나왔다.

몇 가지 추가 검사를 하고 다음 날 개두 수술을 했지만, 할아버지는 결국 회복하지 못했다.

집도의가 야스 할머니를 불렀다.

"유감스럽게도……. 아드님의 의식이 회복할 가능성은 거의 없다고 보셔야 할 것 같습니다."

지금 지장 할아버지는 연명 치료를 받고 있기에 몸 여기저기 튜브가 꽂혀 있다. 야스 할머니가 울면서 아무리 불러도 혼수상태에서 깨어나지 못했다.

이제 야스 할머니는 혼자 생활해야 한다.

홀로 근심에 잠긴 채 온종일 아들 생각만 하고 지낼 것이다. 안타까운 건 아들을 보러 가고 싶어도 야스 할머니에겐 차가 없으니 마음대로 만나러 갈 수 없다는 사실이다. 버스가 다니긴 하지만 정류장에서 병원까지는 걸어서 갈 수 있는 거리가 아니다. 택시를 매번 탈 수 있을 만큼 금전적인 여유가 있는 것도 아니다.

나쓰미와 나는 각자 학교와 유치원 일정이 있으니 한동안 '다케야'에서 떨어져 지낼 수밖에 없었지만 그래도 거의 매일 전화를 걸었다. 수화기 너머의 야스 할머니는 늘 애써 밝은 목소리를 냈다.

"혼자 먹는 밥은 너무 맛이 없구나."

함께 밥을 먹어 드리고 싶었다. 지장 할아버지가 계신 병원에도 모시고 가고 싶었다.

다쿠야와 히토미의 부모님이 병원까지 모셔다 드리면 좋을 텐데, 그분들도 밭일과 주류점 운영, 육아로 바빴다. 운게쓰 씨는 납품 마감에 쫓기는 직업 불사다. 모두 각자의 생활이 있으니 야스 할머니를 돌보기 위해 바쁜 중에 틈을 낸다는 건 결코 쉬운 일이 아니다.

물론 어쩔 수 없는 일이라고 나도 나쓰미도 생각하고 있다. 하지만 조금씩 양보하면서 도와 드릴 수는 없는 것인지 섭섭한 마음도 가끔은 들었다.

얼마 전 유치원 개원 기념일에는 나쓰미 혼자 오토바이를 타고 '다케야'에 가서 하룻밤 자고 왔다. 야스 할머니와 함께 밥은 먹었지만 병원에 모셔다 드리지는 못했다. 할머니가 오토바이 타기를 무서워했기 때문이다. 나쓰미가 "천천히 달릴 테니 걱정 마세요." 라고 아무리 말해도 계속 고개를 저었다고 한다.

"왜 그렇게 무서우세요?"

이유를 물으니 야스 할머니가 호소하는 눈빛으로 이렇게 말했다고 한다.

"할미 사촌이 오토바이 사고로 죽었단다. 만일 이 할미가 죽으면 저 아이는 누가 돌보냐. 오토바이는 안 돼. 나쓰미, 미안하다. 애써 여기까지 와 줬는데……."

그래서 우리는 지금 야스 할머니가 안심하고 탈 수 있는 왜건R로 '다케야'에 가는 중이다.

다테야마(館山) 자동차 도로에서 일반 도로로 갈아타고 산 쪽으로 달리는데, 조수석에 앉은 나쓰미가 "앗!" 하고 소리를 지른다.

"왜?"

"달! 아까보다 작아졌어."

중천에 가까워짐에 따라 귤색이었던 달이 점점 하얘지면서 한층 밝아졌다. 역시 크기는 아까보다 작았다.

"오늘도 달이 참 예쁘네……."

"그러네."

나는 액셀을 조금 세게 밟으며, 지장 할아버지와 야스 할머니 사이에 생겨 버린 거리에 대해 생각했다.

오랜만에 '다케야' 별채에서 아침을 맞았다.

"안녕히 주무셨어요."

씩씩하게 인사하면서 나쓰미와 함께 '다케야'로 들어가니 야스 할머니는 이미 부엌에서 아침 준비 중이었다.

"아, 할머니, 제가 도울게요."

나쓰미가 말하면서 할머니 곁에 나란히 섰다.

여름에는 매일처럼 봤던 나란히 선 두 사람의 뒷모습. 가만히 바라보는 동안, 내 기억이 한 달 전을 더듬기 시작했다. 왠지 지금 거실 쪽을 보면 상 앞에 지장 할아버지가 앉아 "잘 잤냐? 오늘도 좋은 아침이야." 하면서 웃어 줄 것만 같았다.

하지만 현실은 무겁고도 비정했다. 야스 할머니의 등이 지난 보름 동안 한 뼘은 작아진 것 같고, 집 전체에 먼지가 희미하게 앉은 듯 쓸쓸한 공기마저 감돌았다.

그래도 셋이서 상에 둘러앉으니 조금은 기운을 차리셨다. 몇 번이나 몇 번이나 우리에게 "먼 길 와 줘서 고마워."라고 하셨다.

창밖에서 숲 냄새를 품은 상쾌한 바람이 불어왔다. 뒷산의 대나무 숲이 바람에 반응하여 사각사각 소리를 냈고, 녹슨 풍경은 딸랑, 딸랑, 하고 시원한 음색을 연주했다.

이곳에 지장 할아버지가 없다는 사실이 믿기지 않을 정도로, 세상은 아무 일도 없었다는 듯 똑같이 움직였다.

오전 중에 가게와 집 청소를 돕고 다쿠야네 주류점에 인사하러 갔다. 가게를 지키던 미카 씨가 "바빠서 야스 할머니를 자주 못 도와 드렸네요. 정말 미안해요."라며 굉장히 미안한 얼굴을 했다.

친척도 아닌 우리가 도쿄에서 일부러 먼 길을 찾아와서 야스 할머니를 병원에 모셔다 드린다는데 미안하지 않을 리가 있겠는가? 일부러 미안하라고 인사하러 들른 걸 눈치채지는 않았는지 모르겠다.

"아뇨, 저희는 한가해서."

되도록 가벼운 어조로 그렇게 말했다. 다쿠야와 히토미를 위해 사 온 장난감 선물을 건네고 곧 가게를 나왔다. 속마음은 '제발 야스 할머니 좀 부탁드릴게요'였지만, 그 말을 태연하게 할 수 있을 만큼 우리는 유들유들하지 못했다.

어둑어둑한 실내에서 밖으로 나오자마자 무심코 눈을 가늘게 떴다. 맑은 가을날의 산골 마을은 눈이 부시도록 투명한 빛으로 가득했다. 높은 가을 하늘을 올려다보니 수많은 고추잠자리가 둥실둥실 날아다닌다.

“잠자리가 엄청 많네.”

나쓰미는 햇빛을 가리려고 이마에 손을 얹은 채 ‘다케야’를 향해 걸었다.

“응. 대충 봐도 200마리는 되는 것 같아.”

나도 옆에서 나란히 시골스러운 속도로 걷는다.

“이 잠자리들, 겨울엔 모두 죽겠지…….”

“뭐, 그렇겠지…….”

“태어나서, 행복할까?”

“뭐가?”

“잠자리.”

엉뚱한 나쓰미의 의문에 나는 적당한 대답을 찾지 못했다. 그래서 질문으로 대답하고 말았다.

“행복이, 뭘까……?”

나쓰미는 잠자리가 날아다니는 푸른 하늘을 올려다보며 한참을 “뭘까?” 하고 고민했다. 그러다 문득 “하아” 하고 밝은 느낌의 한숨을 쉬면서 내 얼굴에 시선을 꽂았다.

“응? 왜?”라고 내가 묻는다.

“행복은 말이야.”

“응…….”

“단순히.”

"응."

"이런 걸지도."

나쓰미가 갑자기 내 손을 잡는다.

그러고 손을 조금 크게 흔들면서 걷기 시작한다.

손이 앞뒤로 흔들리니 보폭도 자연스럽게 커졌다. 따듯한 온기와 부드러운 감촉. 내 안의 '마음'이 서서히 활기를 띤다.

"의외로 단순한 걸지도 모르겠네."

산과 밭과 논밖에 없는 조용한 산골 마을의 오솔길을 걸을 때는 이 정도 크게 손을 흔들어야 기분도 따라 밝아지리라.

문득 앞쪽에서 솜처럼 부드러운 바람이 불어와 두 사람의 머리카락을 살랑살랑 흔들었다.

"바람이 시원해서 또 행복하고."

나쓰미가 앞을 바라보고 말한다.

"응."

"지장 할아버지와 야스 할머니를 알게 돼서 또 행복해."

"응."

"그럼, 잠자리는?"

"잠자리는……."

나는 또 대답을 찾지 못해 하늘만 쳐다보았다.

"정답은, 하늘을 나는 것만으로 행복해."라고 나쓰미가 말한다.

나는 웃으며 대꾸했다.

"뭐야, 정답을 알면 처음부터 묻지 마."

"아냐, 나도 방금 깨달았다고."

나쓰미도 웃는다.

행복이란 정말 이런 느낌이겠지. 그런 생각이 들어, 나는 잡은 손을 더욱 크게 흔들며 걸었다.

'다케야'에 돌아와 셋이서 소면을 먹었다. 야스 할머니는 운게쓰에게 같이 병문안 가자고 전화를 걸었다.

15분쯤 후에 운게쓰가 '다케야'에 나타났다. 그 모습을 본 우리는 한순간 어리둥절한 표정을 지었다.

"어쩐 일이에요? 그 차림은."

나는 아무 생각 없이 묻고 말았다.

"뭐?"

여전히 무뚝뚝한 얼굴로 나를 매섭게 노려본다.

"아, 아뇨, 그……, 오늘은 승복을 안 입으셔서……."

"작업복 차림으로 병문안 가는 바보가 어디 있어."

노란색 티셔츠에 청바지를 입은 운게쓰는 쑥스러워서 그러는지 퉁명스럽게 대꾸했다.

"그, 그렇지요. 죄송합니다."

나는 목을 움츠리며 사과했다. 그 모습이 우스웠는지 야스 할머니와 나쓰미가 킥킥 웃는다.

나의 왜건R을 보고 운게쓰가 미간에 주름을 잡으며 "뭐야, 이 쪼끄만 차는." 하고 불평했지만 역시 '그럼 당신 차로 갑시다'라고 되받아치진 못했다. 그랬다면 꽤 후련했겠지만.

야스 할머니와 운게쓰를 뒷좌석에 태우고 나쓰미가 조수석에 올라탄 걸 확인한 후에 시동을 걸었다.

출발하자마자 꾸불꾸불한 산길에 접어들었다.

여름 내내 다녔던 온천 '쓰쿠요미장' 앞을 지나고, 오랜 옛날 수작업으로 뚫었다는 작은 터널을 통과했다. 맞은편에서 차가 오면 지나갈 수 없을 정도로 좁고 어두운 터널이다. 도로를 달리다 보니 옆으로 시냇물이 흐르는 게 보였다. 지장 할아버지가 가르쳐 준 강놀이와 여름의 강바람 냄새가 떠올라 가슴이 먹먹해진다.

야스 할머니를 생각해서 되도록 천천히 달렸다. 오늘은 나쓰미도 '빨리 좀 달려'라고 하지 않았다.

천천히 기어가듯 산길을 내려가니 눈 아래로 내려다보이는 나무들 저편에 남빛 바다가 보이기 시작했다. 바다 앞쪽으로 아담한 시가지가 펼쳐진다.

지장 할아버지가 계시는 병원이 다가올수록 다들 말수가 조금씩 줄어 갔다.

시가지로 진입하여 마트 옆 병원 전용 주차장에 차를 세웠다.

야스 할머니가 앞장서서 하얀 빌딩 안으로 들어간다. 자동문을 지나자 병원 특유의 냄새가 코를 찔렀다. 여러 약품과 병든 사람들의 체취가 섞인 냄새다.

엘리베이터를 타고 지장 할아버지 병실이 있는 5층에서 내렸다. 병실은 중환자실 바로 옆이었다. 병세가 무거운 환자를 위해 특별히 마련한 병실인 것 같았다. 병실보다 치료실이라는 호칭이 어울리겠다 싶을 만큼 의료기기도 많고 간호사도 분주하게 들락거렸다. 삐, 삐, 삐, 하는 전자음과 피쉭, 하고 공기가 새어 나가는 기계음으로 가득했다.

지장 할아버지는 오른편 제일 안쪽 침대에 누워 있었다.

야스 할머니가 그 침대로 다가가 지장 할아버지의 얼굴을 가만히 들여다본다. 나쓰미와 운게쓰와 나는 야스 할머니 어깨 너머로 조심스럽게 지장 할아버지를 보았다.

나쓰미가 숨을 삼키고 있다는 게 굳어진 어깨로 알 수 있었다.

나도 침을 꿀꺽 삼켰다.

애처롭게도 지장 할아버지의 머리에 붕대가 둘둘 감겨 있다. 코와 목엔 굵은 튜브가 삽입되어 있고, 양쪽 장딴지에는 심부정맥 혈전증을 방지하기 위한 가압식 벨트가 채워져 있다. 그 외에도 혈압과 맥박을 측정하는 장치나 일반인은 무엇에 쓰는 것인지 도무지 모를 다양한 굵기의 튜브가 하얀 시트 안에서 각각의 외부 장치로 몇 개나 연결되어 있었다.

눈을 감은 지장 할아버지의 입은 굵은 관 때문에 반쯤 열려 있었다. 입술은 퍼석퍼석 말라서 하얗게 변했다. 얼굴에 분홍빛이 감돌고 피부가 반질반질한 게 오히려 부자연스러웠다. 얼굴이 전체적으로 부은 건 투약에 의한 부종일까?

머리맡에 삐, 삐, 삐, 하고 심박을 표시하는 모니터가 설치되어 있었다. 심장은 틀림없이 뛰고 있다. 자세히 보니 가슴을 덮은 시트가 천천히 아래위로 움직인다. 호흡도 하고 있다. 어쩌면 기계의 힘으로 폐에 공기를 주입하기 때문일 뿐인지도 모르지만.

"게조, 여기 봐. 다들 너 보러 와 주셨어……."

야스 할머니는 이제 대답할 수 없는 몸이 되어 버린 지장 할아버지를 부르면서 무심코 손을 잡으려 했다. 하지만 손등에 주삿바늘이 꽂혀 있어 만질 수도 없었다.

"지장 할아버지, 듣고 계세요? 저, 나쓰미예요. 싱고짱도…… 같이 왔어요."

나쓰미도 말을 걸었다. 말끝이 눈물에 젖어 떨려 나왔다.

나는 나쓰미의 가녀린 등을 조용히 어루만졌다. 그 손길이 스위치가 된 듯 나쓰미의 두 눈에서 물방울이 주르륵 흘러 지장 할아버지가 덮고 있는 새하얀 시트에 얼룩을 만들었다.

"게조, 나쓰미한테 무슨 말이든 해 줘야지……."

야스 할머니가 지장 할아버지에게 얼굴을 갖다 대고 말했다.

"내년에 죽순 캐는 법 가르쳐 준다고 약속하셨잖아요……."

나쓰미가 손수건을 코밑에 대고 중얼거렸다.

키 작은 야스 할머니가 천천히 돌아 나쓰미를 올려다본다. 쭈글쭈글한 할머니의 얼굴에 주름이 더 깊어졌다. 눈에 눈물을 담은 채 할머니는 양손으로 나쓰미의 손을 꼭 잡았다.

"미안하다……."

"왜…… 할머니가 미안해요……. 할머니가 제일…… 힘드실 텐데……."

나쓰미는 흐르는 눈물은 그냥 내버려 두고, 하얀 손으로 야스 할머니의 쭈글쭈글한 손을 따듯하게 쓰다듬었다.

나는 두 사람 뒤에 멍하니 서 있을 뿐이었다.

이젠 움직일 수 없는 몸이 된 지장 할아버지께 다정한 말 한마디 건네지 못하고, 울고 있는 야스 할머니도 위로해 드리지 못하는 나.

내 눈에서는 눈물 한 방울 나오지 않았다. 생명 유지 장치에 연결된 '지장 할아버지라는 육체의 존재'를 받아들이는 것만으로 내 마음은 포화 상태였다.

혹시 나는 마음이 차가운 인간일까? 운게쓰의 그 사나운 눈에서도 눈물이 흐르는데…….

잠시 후 야스 할머니가 지장 할아버지 옆으로 몸을 숙이고 중얼거린다.

"못됐어…… 엄마보다 먼저 이렇게 되다니……. 어찌 이런 불효자식이 다 있을꼬."

다음 순간 내 등 뒤에서 의지가 담긴 굵은 목소리가 울렸다.

"할머니."

단 한 마디. 운게쓰였다.

야스 할머니가 조용히 뒤돌아 운게쓰를 올려다보았다.

운게쓰는 아무 말도 하지 않고 야스 할머니를 가만히 응시한 채 그저 천천히 고개만 저었다.

불효자식이라는 말은 하지 마십시오.

말은 하지 않았지만 그 뜻은 모두에게 전달되었다.

야스 할머니가 주름진 두 손으로 얼굴을 감싸고 소리 죽여 운다.

삐, 삐, 삐, 삐…….

피쉭, 피쉭, 피쉭…….

기계의 일정한 리듬이 하얀 방 안에 가득했다.

야스 할머니의 소리 죽인 오열만이 이 방에서 유일하게 살아 있는 소리였다.

병원에서 '다케야'로 돌아오는 길에 야스 할머니가 운게쓰에게 말했다.

"운게쓰 씨도 들어가서 차나 한잔 마시고 가게나."

예전처럼 밝은 목소리였다.

"아, 그럴까요."

네 사람은 나란히 거실로 올라가 따뜻한 엽차를 마셨다.

"참, 이번에 담근 가지장아찌가 맛이 있더라. 한번 먹어 보게."

야스 할머니가 주방에서 가지장아찌를 잘라 작은 접시에 내왔다.

"싱고 군도 먹어 봐. 맛있어."

야스 할머니는 병원에서의 아픈 기억을 지우려고 애써 밝게 행동하는 듯 보였다. 그럴수록 내 가슴에는 쓰라린 응어리가 한 움큼씩 쌓여 갔다.

잠시 후 나쓰미가 찻주전자에 차를 더 담아 왔을 때, 책상다리로 앉은 운게쓰가 조용히 양팔을 엇걸며 말했다.

"할미."

야스 할머니가 운게쓰를 본다.

"쓸데없는 참견일 수도 있는데."

"……."

"이번 일, 그 사람한테 알렸어?"

그 사람?

나쓰미와 나는 서로 얼굴을 마주 보았다. 야스 할머니는 '그 사람'으로 충분히 통한 모양이었다. 순간, 주름진 얼굴에서 표정이 사라졌다.

운게쓰는 아무 대답 하지 않는 야스 할머니를 가만히 응시했다. 한참 후에야 야스 할머니가 먼저 시선을 피하며 중얼거렸다.

"일부러 알릴 필요 없어."

"그래도 괜찮겠어?"

"괜찮고 말고가 어디 있나."

"할미 손자를 낳은 사람이잖아."

그때 퍼뜩 깨달았다. 나쓰미와 또 눈이 마주쳤다. '그 사람'이란 지장 할아버지와 헤어진 아내였다.

"이제 와서 만나 봐야 무슨 소용 있겠나."

야스 할머니는 여전히 운게쓰의 시선을 피했다.

"할미는 별로 안 보고 싶겠지. 그런데 지장도 그렇겠나? 그걸 한 번 생각해 봐."

야스 할머니의 미간에 깊은 주름이 잡혔다. 이렇게 무서운 얼굴을 한 야스 할머니는 한 번도 본 적이 없다.

"할미, 지금은 특수한 상황이야. 고집부리지 말고 알려요."

운게쓰의 목소리에 연민의 빛이 드러났다가 금세 숨어 버렸다.

나쓰미와 나는 잠자코 두 사람의 대화를 지켜볼 수밖에 없었다.

가게 앞에서 맑은 음색이 울린다.

딸랑, 딸랑…….

녹슨 풍경이었다.

뒷산 대나무 숲이 술렁거린다.

활짝 열어 놓은 창문을 통해 숲 냄새를 품은 바람이 흘러들어 온다.

"그 사람은……."

야스 할머니가 찻잔을 응시하며 입을 열었다.

"게조가 아플 때 버리고 떠난 여자야. 이번에도 외면할 게 틀림없지."

"할미, 그렇지 않아."

운게쓰의 말이 끝나기도 전에 야스 할머니가 다음 말을 내뱉는다.

"자넨 남이지 않은가. 집안일에 참견하지 말게."

생각지도 못한 강한 말투였다. 그토록 다정한 야스 할머니의 입에서 이렇게 가시 돋친 말이 나오다니, 상상조차 못 했던 일이다.

"자네하곤 상관없는 일이야……."

야스 할머니는 찻잔 속에 시선을 그대로 두고 자기 자신에게 말하듯 다시 한 번 중얼거렸다.

운게쓰는 팔짱을 낀 채 조용히 눈을 감았다. 미간에 깊은 주름이 잡혔다.

오래된 벽시계가 째깍째깍 시간을 새긴다.

나쓰미가 나를 본다. 곤혹스러운 눈이 '어떡해……'라고 말한다. 나는 고개를 보일 듯 말 듯 살짝 저었다. 두 분 사이에 끼어들었다가 나도 모르게 무책임한 말을 내뱉을까 봐 두려웠다.

이윽고 운게쓰가 눈을 떴다.

"물론 할미 말이 맞아. 나는 남이지. 하지만 지금 지장은 말을 할 수 없어. 그런 지장의 마음을 헤아려 줄 사람은…… 엄마인 할미뿐이라고."

운게쓰는 거기까지 말하고 천천히 일어나서 나쓰미와 나를 번갈아 보았다. 나를 볼 때 그 시선을 딱 멈췄다. 그러고 살짝 고개를 끄덕였다.

부탁한다.

그렇게 말한 것 같았다.

반사적으로 나도 고개를 끄덕였다.

운게쓰는 고개를 숙이고 있는 야스 할머니 뒤를 지나 거실 밖으로 나갔다. 계산대 뒤에서 신발을 신은 다음 돌아보지도 않고 휴업 중인 가게를 나섰다.

거실에 남은 세 사람은 한동안 아무 말도 하지 않았다.

째깍째깍…… 융통성 없이 곧이곧대로 가는 벽시계 소리가 유난히 크게 들렸다.

"차가 식었네요. 다시 끓일까?"

나쓰미가 먼저 입을 열어 주었다.

야스 할머니는 한차례 깊은 한숨을 쉬었을 뿐 대답은 하지 않았다.

"할머니, 차, 다시 끓여 올게요."

나쓰미가 한 번 더 위로하듯 말하고 야스 할머니의 찻잔에 손을 뻗었을 때. 축 늘어진 목소리가 상 위로 쏟아졌다.

"할미가 오늘은 피곤해서……. 미안하지만 조금 누워야겠다……."

야스 할머니는 나른한 동작으로 일어나 침실로 사라졌다.

나쓰미와 나는 어슬렁어슬렁 별채로 돌아왔다.

오늘도 여기서 자고 내일은 일요일이니 다시 병원에 야스 할머니를 모시고 갈 생각이었는데, 이런 상태라면 내일 어떻게 될지 예상을 할 수 없다.

우리는 여름이 끝나고 텅 비어 버린 다다미방 한가운데에 나란히 드러누웠다. 보름 전까지 여기 살았는데, 천장의 얼룩이나 고풍스러운 형광등 갓이 벌써 추억 속의 물건이 되어 버렸다.

"어떻게 될까?"

나는 천장을 향해 불쑥 중얼거렸다.

"혹시 말이야, 야스 할머니, 지장 할아버지가 먼저 이혼하자고 한 거, 모르시는 걸까?"

"그럴지도……."

조금 전 대화의 흐름을 생각하면 그럴 가능성은 충분히 있다고 봐야 했다.

어쩌면 지장 할아버지가 일부러 비밀로 했는지도 모른다. 만약 그렇다면 왜? 생각할 수 있는 이유는, 야스 할머니가 반대할 것 같아서……?

야스 할머니가 장애인이 된 지장 할아버지를 배려하여 이혼한 이유를 굳이 묻지 않았다면…… 지장 할아버지는 단순히 말할 필요를 느끼지 않았기 때문이라는 결론이 나온다.

어느 쪽이든…….

"어느 쪽이든, 운게쓰 씨도 그렇지만, 우리도 타인이야. 그러니……."

"그러니까 내버려 둬?"

위를 보고 누워 있던 나쓰미가 몸을 옆으로 돌려 내 쪽을 보았다.

"내버려 두진 않겠지. 물론 할 수 있는 일은 해 드리고 싶어. 하지만 타인이 어디까지 개입해도 될지 판단이 안 선다고 할까……. 야스 할머니가 그렇게 화내는 모습은 처음이기도 하고."

"그런가……. 그럴지도 모르겠다. 그런데 나는 말이야……."

나쓰미는 조용히 일어나 다리를 모으고 앉았다. 드러누운 채 움직이지 않는 나를 내려다보며 말을 꺼낸다.

"야스 할머니도 지장 할아버지가 이혼한 이유를 아시는 게 좋을 것 같아."

"왜?"

"알면 아무도 상처받지 않게 되잖아. 야스 할머니가 지금도 지장 할아버지의 전처를 원망하는 건 너무 가슴 아픈 일이야. 야스 할머니 마음에서 원망이 사라질 수 있다면, 차라리 진실을 밝히는 게 더 좋지 않겠어?"

듣고 보니 그 말이 이치에 맞고 타당한 것 같았다.

"그러네……. 하지만 우리가 야스 할머니한테, 이혼에 관한 진실을 알려 드리겠다고 하는 것도 좀 이상해. 할머니만 몰랐다는 걸 알면 오히려 상처받을 수도 있고……. 어쩌면 이미 알고 계실지도 모르잖아? 알고 계셨다면 정말 쓸데없는 참견이 되겠지. 또 신경 쓰이는 점은 지장 할아버지가 우리한테 그 이야기를 해 주셨을 때 할머니한텐 비밀로 했다고 하신 부분이야. 그 비밀을 우리가 폭로해도 될지…….”

“하지만 지금으로선 아시는 게 좋을 정보잖아.”

“뭐, 그렇긴 하지만.”

“그럼 이렇게 하자. 야스 할머니가 모르신다는 게 밝혀지면 그때 이야기하는 거야. 지금은 일단 흐름에 맡기자.”

나도 일어나서 책상다리로 앉았다.

“응, 그럴까?”

나쓰미와 마주 보고 고개를 끄덕였다. 조금 어중간한 결론이긴 하지만 조바심 때문에 쓸데없는 짓을 해 버리는 것보다는 나을 듯했다.

문득 귀를 기울이니 창밖에서 쓰르람 쓰르람 하는 쓰르라미 소리가 들렸다. 강 쪽에서 들리는 것 같았다.

“나쓰미, 잠시 기분 전환도 할 겸 강으로 산책 나갈래?”

“응.”

우리는 신발을 신고 별채 현관을 나왔다. 민들레 세 송이는 여전히 노란 꽃을 활짝 피웠고, 다른 잡초도 드문드문 자라기 시작했다.

살짝 기울기 시작한 햇빛이 ‘다케야’ 앞 공터를 세피아색으로 물들여 놓았다. 그 공터를 빠져나가 어스레한 숲 속 경사면을 내려간다.

숲길을 걷는 동안, 그리웠던 강 냄새에 후욱 감싸였다.

나는 굵은 자갈이 깔린 아름다운 강변에 서자마자 맞은편 절벽을 바라보며 힘껏 심호흡을 했다.

그때 나쓰미가 소리를 높인다.

“앗, 저기 봐. 싱고짱, 쟤들.”

나쓰미가 손가락으로 가리키는 상류 쪽을 보니 두 개의 자그마한 그림자가 움직였다. 다쿠야와 히토미가 강변에 쭈그리고 앉아 놀고 있었다.

“얘들아! 다쿠야! 히토미!”

나는 물소리에 지지 않게끔 큰 소리로 부르면서 손을 흔들었다.

내 목소리를 들은 두 아이가 벌떡 일어나 신나게 이쪽으로 달려온다.

“싱고짱, 그렇게 멋진 공기총 처음 봤어요!”

“히토미도 구슬 액세서리 세트 진짜 좋아요! 고맙습니다!”

오랜만에 만났는데도 아이들 입에서 제일 먼저 튀어나온 건 선물한 장난감 이야기였다. 그래도 이렇게 기뻐해 주니 아르바이트로 번 돈을 몽땅 털어서 사 준 보람이 있다.

“저기서 뭐 하고 놀았어?”

나는 몸을 숙여 히토미의 머리에 손을 올리고 물었다.

두 아이는 손에 머윗잎처럼 생긴 동그스름한 모양의 잎과 연필 크기의 작은 나뭇가지를 들고 있었다.

"그림 그리고 있었어요, 여기."

다쿠야가 잎 뒷면을 보여 주었다. 짙은 녹색 선으로 이루어진 꽤 잘 그린 물고기 그림이다.

"뭐로 그렸어?"라고 나쓰미가 물었다.

"이 막대기." 대답한 건 히토미였다.

이 동그란 잎 뒷면을 뾰족한 막대기로 누르면 선이 그려진다고 했다.

"재미있다. 이 잎은 이름이 뭐야?"

"바위취요. 싱고짱은 어른인데 그것도 몰라요? 저기 봐요, 저쪽 그늘에 많이 자랐잖아요."

다쿠야가 손가락으로 가리키는 쪽을 보니 과연 동그스름한 잎이 빽빽하게 자라 있다.

"히토미가 어렸을 때 지장 할아버지가 가르쳐 줬어요."

히토미는 작은 입술 끝을 쏙 올리고 즐거운 듯 웃었다. 지장 할아버지가 입원했다는 걸, 이제 두 번 다시 눈을 뜨지 못한다는 걸, 아직 모르는 것 같았다.

다쿠야가 동생을 밀어내며 끼어든다.

"지장 할아버지가 어릴 때는 가난해서 공책 같은 것도 잘 못 샀대요. 그래서 야스 할머니한테 전할 말이 있을 때 바위취에 적어서 상 위에 올려 뒀대요."

"호오, 재미있다. 우리도 해 보자."

"그럴까?"

우리는 지름이 10센티 정도 되는 잎을 따고, 주변에 떨어진 가느다란 나뭇가지도 주웠다. 잎 뒷면을 자세히 보니 하얀 솜털이 보송보송 자라 있었다. 그 위에 막대기를 대고 미끄러뜨리자 너무나 쉽게 예쁜 선이 그려졌다.

"와아, 굉장하다. 이렇게 섬세한 선이 그려지네. 이걸 보면 야스 할머니도 옛날 생각 나겠다."

나쓰미의 이 말을 들은 순간, 내 머리에 아이디어의 별똥별이 떨어졌다.

"나쓰미."

"응, 왜?"

"옛날 생각 나게 해 드리자."

"응?"

"야스 할머니한테, 이걸로."

해질녘 나쓰미와 나는 '쓰쿠요미장' 노천탕에 잠겨 있었다. 탕 주위에서 귀뚜라미들이 합창을 한다.

조금 전 야스 할머니를 위해 준비해 둔 작은 이벤트를 생각하면 나도 모르게 히쭉히쭉 웃게 된다. 담 너머 여탕을 향해 말을 걸고 싶었지만 토요일이라 다른 손님도 있을 테니 얌전히 시간을 보내기로 했다.

우리는 노천탕에서 몸과 마음을 치유하고 다시 '다케야'로 돌아왔다. 야스 할머니는 아직 주무실까? 신경이 쓰여 살짝 들여다보니 거실 형광등이 켜져 있다.

"아, 일어나셨다."

나쓰미가 작은 소리로 속삭이며 나를 쳐다본다. 역시 나쓰미의 눈도 웃고 있다.

"일단 그냥 있어 보자."

"응."

우리는 조용히 별채로 들어갔다.

한 사람씩 드라이기로 머리를 말리고 편한 옷으로 갈아입었다.

그러자 내 배에서 꼬르륵 소리가 났다.

이제 슬슬 저녁 식사 시간인데 야스 할머니가 쉬겠다고 하셨으니 넉살 좋게 밥 먹자고 할 수도 없는 노릇이다.

"배고프다……. 나쓰미, 먹을 거 없어?"

볼썽사납게 엎드려 툭 한마디 중얼거렸을 때, 별채 유리문을 노크하는 소리가 들렸다. 야스 할머니다.

"네에." 나쓰미가 나간다.

"저녁밥 다 됐다. 얼른 먹으러 오너라."

"어, 벌써 준비하셨어요?"

나쓰미는 내가 생각한 것과 똑같은 말을 했다.

"아까 와 봤더니 둘 다 없더라. 그냥 혼자 만들어 버렸지."

"우와아, 할머니, 죄송해요."

"괜찮아. 싱고 군도 얼른 와."

나도 "네에." 하면서 일어났다.

상 위는 각양각색의 반찬으로 가득했다. 야스 할머니가 직접 만든 여러 요리가 각각 작은 접시에 담긴 채 차려져 있었다.

"잘 먹겠습니다."

내가 제일 좋아하는 머위 조림에 젓가락이 먼저 간다.

나쓰미도 야스 할머니도 양손을 모으고 "잘 먹겠습니다."라고 했다.

여름에 잡아서 냉동시켜 둔 새우를 넣고 끓인 된장국도, 손수 만든 곤냐쿠 요리도 변함없이 일품이었다. 내가 한 그릇 더 달라고 하자 밥그릇을 받은 야스 할머니는 기쁜 듯 밥을 수북이 담아 주었다. 웃는 얼굴 그대로 느릿한 말투로 이야기한다.

"내일 말이다, 미안한데, 병원에 또 데려다주려나?"

나는 나쓰미와 마주 보며 "물론이죠." 하고 고개를 끄덕였다.

"정말 고맙다. 내일은 1시 전에 가야겠는데, 괜찮겠냐?"

"괜찮긴 한데요, 그런데 면회는 2시 이후에 가능하잖아요?"

"1시에 누굴 좀 만나기로 약속을 했단다."

나는 젓가락을 멈추고 야스 할머니를 보았다.

"약속?"

나쓰미가 고개를 갸웃한다.

"전화, 했단다."

야스 할머니는 조금 먼 곳을 바라보는 듯한 눈빛으로 자신의 밥그릇을 응시했다.

"역시 운게쓰 씨 말이 맞는 것 같아서."

나쓰미의 얼굴에 희색이 돌았다. 하지만 나쓰미도 나도 아직은 아무 말도 할 수 없었다. 그저 묵묵히 야스 할머니의 다음 말을 기다렸다.

"그 사람을 보고 싶지 않은 건 이 할미 마음이고, 게조는 다른 사람을 원망하는 아이가 아니니 틀림없이 보고 싶을 거다. 그래서 아까 전화했단다."

"야스 할머니……."

나쓰미가 안심한 듯한 목소리로 중얼거렸다.

"이제 와서 무슨 말을 해야 하나 싶어서 아까 전화할 때 가슴이 다 두근거리더라. 너희 덕에 이 할미, 용기를 냈다."

후후후, 하고 웃으며 야스 할머니가 하얀 앞치마 주머니에서 이파리 한 장을 꺼냈다.

"세상에, 이런 옛날 놀이를 어떻게 알았니?"

말하면서 바위취를 상 위에 올렸다.

야스 할머니는 수십 년간 쌓아 둔 우울한 응어리를 후련하게 토해 내듯 깊은 한숨을 쉬었다. 그 한숨에 호응하듯 처마 밑의 녹슨 풍경이 청량한 음색을 연주했다.

딸랑, 딸랑.

"이렇게 마음이 따듯해진 게 정말 얼마 만이던가……. 이 잎은 할미의 보물이야."

야스 할머니가 앞치마 소매로 눈을 지그시 누른다.

"싱고도, 나쓰미도……, 우리 자랑스러운 아이들. 정말……, 고맙다……."

나쓰미를 보니 예상대로 울면서 웃고 있었다.

나는 야스 할머니에게 보이지 않도록 엄지손가락을 살짝 세우고 나쓰미를 보며 싱긋 웃어 주었다. 그러고 상 위에 놓인 바위취를 바라본다.

반세기 전 소년 시절의 지장 할아버지가 그랬듯 우리도 바위취에 메시지를 적어서 상 위에 몰래 올려 둔 것이다.

내용은 나쓰미와 이리저리 의논한 끝에 가장 심플한 러브레터로 했다.

다정한

야스 할머니가

정말 좋아요.

싱고 & 나쓰미 & 게조

여자의 마음과 가을 하늘은 변하기 쉽다더니, 일기예보도 보란 듯이 빗나갔다.

야밤에 비가 추적추적 내리는가 싶더니 다음 날 아침부터 본격적으로 쏟아지기 시작했다.

바람까지 거세지니 거의 폭풍의 면모가 갖춰졌다. 하늘은 불길한 먹구름으로 뒤덮여 세상이 해질녘처럼 어둑어둑했다.

이따금 옆으로 들이치는 비가 유리창을 매섭게 때렸다. '다케야' 뒤편 대나무 숲과 주변 나무들이 가지와 잎을 격렬하게 흔들어 대니, 인가가 드문드문한 산골 마을이 온통 불온한 공기로 감싸였다.

나쓰미와 야스 할머니를 태우고 왜건R의 액셀을 밟은 시각은 낮 12시 정각이었다. 운게쓰는 "오늘은 일이 바빠."라고 하며 같이 가자는 야스 할머니의 제안을 거절했다고 한다.

"운게쓰 씨도 그때 일을 마음에 두는 것 같지는 않더라. 오늘 만나기로 약속했다고 하니 기뻐해 줬어."

조수석에 앉은 야스 할머니가 말했다.

"다행이에요."

나쓰미가 대답한 후 뒷좌석에서 몸을 앞으로 쑥 내밀고 다시 한 마디 던진다.

"정말 굉장한 날씨네."

와이퍼를 빠르게 움직여도 따라잡기 힘들 만큼 하늘이 통곡을 한다. 내 운전은 어제보다 더 신중했다.

오늘 야스 할머니는 아침부터 계속 안절부절못했다.

생각해 보면 아들이 이혼한 후 35년이라는 세월 동안 줄곧 미워해 온 여성을 지금 만나러 가는 것이다. 긴장하지 않는 게 오히려 이상하다. 평소에는 옷에 거의 신경을 안 쓰는 야스 할머니가 오늘은 나쓰미에게 "이 카디건은 어떻겠니? 역시 기모노를 입는 게 나을까?"라고 물어봤을 정도다. "비가 많이 오니 기모노는 안 되겠어요."라는 나쓰미의 한마디로 결국 평소 차림을 선택하긴 했지만.

차가 산길을 천천히 내려간다.

어제 검푸른 바다가 보였던 지점에 다다랐으나 역시 오늘은 아무것도 보이지 않았다. 보이는 건 끝없이 내리는 빗방울 사이의 보얀 안개뿐이었다.

병원 주차장에 도착하니 12시 40분이었다.

우산을 쓰고 주차장을 가로질러 병원 현관으로 들어간다. 현관에서 조금 떨어진 곳에 있는 대기실의 긴 의자에 셋이 나란히 앉아 여성이 나타나기를 기다렸다.

한숨 돌리고 나니 이상하게 불안했다. 야스 할머니의 긴장감이 전염되었는지 조금 두근거리기도 했다.

"오시는 분 성함이 어떻게 되세요?"

이럴 때 의지가 되는 건 역시 나쓰미다.

"미야코."

"흐음. 어떤 분일까?"

야스 할머니는 허공을 응시한 채 생각에 잠긴 듯했다.

"글쎄다……. 잘 웃고, 누구에게나 친절했는데."

"했는데?"

순진한 얼굴로 고개를 갸우뚱하는 나쓰미를 나는 시선으로 나무랐다. 하지만 나쓰미는 나의 시선 따위 개의치 않는다는 듯 싱긋 웃기만 한다.

"어때서 그래? 지금부터 마음의 준비운동을 해 둬야 한다고. 그렇죠? 야스 할머니."

출랑대는 나쓰미의 목소리에 야스 할머니도 웃어 버렸다. 웃으니 어깨 힘이 빠져서 평소의 온화한 얼굴이 되었다.

"그래. 나쓰미 말이 맞다. 긴장할 필요 없지."

이럴 때 나는 생각한다. 나쓰미한텐 못 당한다고.

"친절했는데, 그런데요?"

나쓰미는 호기심으로 눈을 반짝반짝 빛내며 물었다.

"결국은 몸이 아픈 게조를 버리고 도망간 여자 아니겠니?"

버리고 도망간 여자…….

나쓰미와 눈이 마주쳤다.

역시 야스 할머니는 모른다. 지장 할아버지가 이혼한 경위를.

나쓰미가 나를 보고 고개를 끄덕인다. 결의가 담긴 표정. 지금 그 진실을 털어놓으려 한다.

"있잖아요, 야스 할머니."

나쓰미가 일부러 조금 밝은 목소리를 냈을 때.

현관의 자동문이 열리면서, 꽃다발이 든 종이봉투를 손에 쥔 초로의 여성이 병원 안에 모습을 나타냈다. 여성은 두리번두리번 주위를 둘러보며 누군가를 찾는 듯 보였다.

그 모습을 본 야스 할머니가 "아아……." 하고 작은 소리를 내며 의자에서 일어났다.

그 후의 장면이 내 시야에 느린 화면처럼 흘렀다.

여성이 이쪽으로 천천히 돌다가 문득 야스 할머니를 향해 시선을 멈췄고, 그 모습 그대로 잠시 야스 할머니를 바라보았다.

다음 순간, 여성의 눈이 크게 열렸다.

두 분 다 움직이지 않았다. 마치 말뚝에 박힌 듯 마주 본 채 우두커니 서 있었다.

거리를 두고 아무 말 없이 응시하는 두 사람 사이를 푸른색 환자복 차림의 목발 청년이 천천히 지나갔다. 그 뒤로 통통한 간호사가 바삐 가로지르자, 여성의 표정이 변했다. 뭔가 결심한 듯 입을 한일자로 다문다. 그 자리에 선 채 깊이 허리를 숙인다.

야스 할머니도 의자 앞에서 살짝 고개를 숙였다.

멀찍이 떨어져서 고개 숙인 두 사람…….

두 사람 사이에 놓인 거리가 나를 우울하게 했다. 이 거리야말로 35년간 두 사람을 가로막은 마음속 응어리 그 자체였다.

고개를 든 미야코가 떨리는 발걸음으로 다가와 야스 할머니 앞에 섰다.

나도 나쓰미도 자리에서 일어났다.

"죄송합니다."

미야코가 다시 한 번 깊이 머리를 숙였다.

"어려운 걸음 했네……."

야스 할머니의 목소리도 떨렸다.

천천히 머리를 든 미야코는 눈앞에 있는 작은 야스 할머니를 두려우면서도 무척 그리운 듯한 눈으로 바라보았다. 이미 두 눈에 눈물이 가득했다. 눈을 깜빡이자 물방울이 볼을 주르르 타고 내려와 리놀륨 바닥에 뚝뚝 떨어졌다.

"이분들은……."

손수건으로 눈 아래를 누르며 미야코가 물었다.

"게조의 친구야. 싱고 군이랑 나쓰미. 우리한테 아들, 딸이나 마찬가지란다."

우리를 소개하며 야스 할머니가 웃는다. 나도 나쓰미도 "처음 뵙겠습니다."라고 가볍게 인사했다.

넷이서 엘리베이터를 타고 병원 3층으로 올라갔다. 동쪽 모퉁이에 식당 겸 카페가 있는데 그곳에서 차를 마시기로 했다.

나는 야스 할머니와 미야코 씨를 가장 안쪽 테이블 자리로 안내했다. 큼직한 파노라마 유리창 너머로 바다가 보이는 자리다. 오늘은 비 때문에 회색 바다이지만 보이지 않는 것보다는 낫다.

"우리는 저쪽 테이블에 있을게요."

나쓰미가 떨어진 자리를 가리켰다.

"안 그래도 돼. 같이 앉아."

야스 할머니의 말에 미야코도 미소 띤 얼굴로 동의해 주었지만, 우리는 "아뇨아뇨."라고 고개를 흔들며 창가에서 가장 멀리 떨어진 자리로 이동했다.

"느낌이 좋은 분인데?"

의자에 앉으며 나쓰미가 기쁜 얼굴로 말했다.

"지장 할아버지가 선택한 사람이니까."

"그렇지?"

주문을 받으러 온 점원에게 아이스커피를 두 잔 부탁하고 창가의 두 분에게 시선을 주었다. 야스 할머니는 뒷모습이어서 표정이 보이지 않았지만 미야코 씨의 얼굴은 잘 보였다.

"미야코 씨, 살짝 웃고 있어."

"그러네. 이렇게 화해가 되면 좋겠는데."

"맞아. 그러면 지장 할아버지도 기뻐하실 텐데."

이 말을 듣고 나는 지장 할아버지를 생각했다. 이때 내 뇌리에 떠오른 것은 생명 유지 장치에 연결된 모습이 아니라, 강변에서 눈부신 듯한 표정으로 싱글벙글 웃던 얼굴이었다.

"응. 기뻐하실 거야, 틀림없이."

잠시 후 테이블에 놓인 아이스커피로 살짝 건배했다.

창가를 힐끔 보니 미야코의 얼굴에 약간의 긴장이 엿보였지만 그래도 아직 작은 미소가 담겨 있었다.

화려하진 않지만 품위 있는 옷차림이었다. 주먹코에 외까풀의 작은 눈이 살짝 처져 있어서 미인으로 분류될 만한 타입은 아니어도 따듯한 분위기를 지닌 여성이었다. 물론 예순을 넘겼으니 눈가의 주름도 제법 보였다. 하지만 많이 웃어서 생긴 듯한 그 주름이 오히려 인품을 드러내 주는 것 같았다.

"저 두 분, 무슨 이야기를 하고 계실까?"

나쓰미의 눈이 호기심으로 빛났다.

"글쎄. 민들레 이야기라도 하시는 거 아닐까?"

"민들레? 아아, 기미히데 씨."

"응."

"야스 할머니, 손자도 보고 싶으실 텐데……."

나쓰미가 혼잣말처럼 중얼거리고는 블랙인 채로 아이스커피 빨대에 입술을 댔다.

"그러게……."

나는 시럽과 밀크를 넣고 마셨다. 병원 커피치고는 향도 좋고 맛있었다.

오늘은 일요일이다. 아직 나타나지 않은 기미히데가 만약 샐러리맨이라면 쉬는 날일 텐데……. 그렇다면 함께 병문안을 왔어야 한다는 생각도 해 본다. 어쨌거나 지장 할아버지는 친아버지이고, 야스 할머니는 친할머니가 아닌가? 하지만 거기까지 바라는 건 역시 지나친 욕심인지도 모른다. 35년이라는 세월을 넘어 야스 할머니와 미야코 씨가 이렇게 재회한 것만도 분명 기적이다.

"싱고짱, 멍하니 무슨 생각해?"

나쓰미가 웃는다.

"기적에 대해."

"기적?"

"응. 저 두 분이 재회할 때, 기적의 순간을 본 게 아닌가라는 생각을 했어."

"기적이라……. 만약 그렇다면."

나쓰미는 조금 슬픈 미소를 지었다.

"지장 할아버지가 일으킨 기적이네."

"…… 무슨 뜻이야?"

"지장 할아버지가 다쿠야랑 히토미한테 바위취에 그림 그리는 방법을 가르쳐 주셨잖아. 그 행위가 오늘 기적을 일으킨 것 같아서. 싱고짱을 이용하여 야스 할머니를 움직이고, 미야코 씨도 불러들였어."

"뭔가, 소설 속의 복선 같다."

"현실과 소설은 생선을 반으로 갈라놓은 거랑 같아. 머리랑 등뼈가 붙고 안 붙고의 차이일 뿐, 맛은 똑같잖아."

나쓰미는 때때로 이렇듯 철학적인 말을 한다. 내가 "와, 어떤 의미야?"라고 물으면 나쓰미는 늘 이렇게 대답한다.

"특별한 의미는 없어."

역시 나쓰미한텐 못 당해.

2시가 되자 창가의 두 분이 자리에서 일어나 이쪽으로 걸어왔다. 면회 시간이 된 것이다. 나란히 걸어오지만 어쩐지 미야코가 야스 할머니를 넌지시 보호한다는 게 느껴지는 걸음걸이였다. 불과 한 시간 만에 이만큼 거리가 좁혀진 것인가?

네 사람의 커피값은 미야코가 계산해 주었다.

다시 엘리베이터를 타고 5층으로 올라가, 어제처럼 의료기기로 꽉 찬 병실에 들어갔다. 나쓰미와 나는 두 분 뒤를 따르듯 걸었다.

병실의 오른편 안쪽 지장 할아버지의 침대로 다가갈수록 미야코의 등이 딱딱하게 굳어 가는 게 확실히 느껴졌다.

당연한 말이지만, 지장 할아버지는 어제와 완전히 똑같은 상태였다. 유난히 혈색 좋은 얼굴도, 아래위 눈꺼풀이 딱 붙은 두 눈도, 메말라서 하얗게 변한 입술도, 기계로 호흡하는 가슴도……. 하나부터 열까지 어제와 다르지 않았다. 그 사실이 오히려 나를 숨 막히게 했다.

근처에 있던 간호사가 우리를 보고 "가족이세요? 환자분께 가끔 말도 걸어 주세요."라고 말하며 입만 살짝 움직여 영업용 미소를 지은 것도 어제와 완전히 똑같았다.

야스 할머니는 그 간호사에게 살짝 고개 숙여 인사하고 지장 할아버지를 나직한 목소리로 불렀다.

"게조야, 기분은 어떠냐. 여기 봐, 미야코가 와 줬어……."

나는 대답할 리 없는 지장 할아버지의 입술을 응시했다. 딱 벌어진 입 속에 어제와 똑같은 투명한 튜브가 꽂혀 있다.

미야코는 손을 조심스럽게 침대 난간에 얹고 지장 할아버지의 얼굴을 가만히 바라보았다.

"일어나 봐, 미야코가 이렇게 어려운 걸음을 해 줬어. 게조, 눈 좀 떠 봐……."

삐, 삐, 삐, 하고 심박을 알리는 전자음이 무미건조하게 울리고, 다리 쪽 가압 벨트에서는 피쉭 하고 공기 새는 소리가 들렸다.

"게조……. 미야코는, 지금, 행복하게 잘 산대. 너도 기쁘지……."

야스 할머니의 이 말에 미야코가 "흐윽……." 하고 목소리가 아닌 것 같은 소리를 내며 울기 시작했다. 지장 할아버지의 가슴 쪽을 향해 "미안해요……."라고 작은 소리로 중얼거리며 흑흑 흐느껴 운다.

나쓰미가 내 손을 꼭 잡는다. 돌아보지 않아도 안다. 나쓰미도 울고 있을 것이다.

미야코의 어깨가 줄곧 가늘게 떨리고 눈물은 끝없이 흘렀다.

생각해 보면 미야코 씨는 지장 할아버지가 싫어서 헤어진 게 아니었다. 지장 할아버지를 사랑하여 결혼했고, 두 분 사이에 사랑하는 아이가 태어났고, 일방적으로 이별을 통보받았다. 비록 아내와 아들의 행복을 위해 지장 할아버지가 내린 결단이라고는 하지만 결과적으로 버림받은 건 미야코였다. 게다가 장애인이 된 남편을 버렸다는 '죄책감'마저 짐처럼 떠안아야 했다. 차마 그럴 수 없었음에도 할 수 없이 지장 할아버지와 헤어지고, 미야코는 친정으로 돌아가 새로운 인생을 살았다. 지장 할아버지도 그녀가 행복해지길 바랐을 것이다.

35년이나 지난 지금도 미야코의 마음에는 '죄책감'이 여전히 들러붙어 있고, 야스 할머니의 마음속엔 지울 수 없는 '한'이 서려 있다.

아무도 나쁘지 않은데, 모두 상처 입었다.

그렇다면 자신의 희생으로 아내와 아들을 구하려 했던 지장 할아버지의 결단은 정답이 아니었을 수도 있다. 아니, 애초에 정답은 없다. 인생의 모든 분기점에서 조금이라도 나은 방향을 선택할 수밖에……. 그것이 성실한 삶을 사는 최선의 방식이 아닐까?

미야코가 또 "미안해요……."라고 중얼거린다. 울면서 지장 할아버지의 볼에 손을 댔다.

나는 꼭 잡은 나쓰미의 손에서 느껴지는 온도를 의식했다.

조금 가벼운가 싶기도 했지만, 그 손을 살짝 앞뒤로 흔들어 본다.

행복이란, 단순히 이런 것일지도…….

나쓰미의 말을 떠올려 본다.

하늘을 나는 것만으로 행복하다.

잠자리가 그렇다면, 우리도…….

나쓰미를 본다. 나쓰미도 울다가 웃으면서 잡은 손을 흔드는 나를 올려다본다. 그때 야스 할머니가 입을 열었다.

"이제 미안해하지 않아도 되네."

"그, 그렇지만……. 저……."

미야코는 여전히 지장 할아버지의 오르내리는 가슴에 시선을 주면서 흐느끼고 있다.

"그렇게 미안해할 거면……."

"……."

"그때 왜……, 자네……."

내가 퍼뜩 놀란 순간.

"그건 아니에요."

내 옆에서 다부진 목소리가 들렸다.

야스 할머니가 입을 다문다.

나쓰미가 아슬아슬한 순간 브레이크를 걸었다.

야스 할머니와 미야코 씨가 이쪽을 돌아본다.

흔들리던 손은 멈추고, 그 대신 나쓰미가 내 손을 꼭 잡는다.

"그건…… 아니에요, 야스 할머니."

나쓰미는 숨을 크게 들이마시고, 떨고 있는 자신을 진정시키려는 듯 그 숨을 천천히 내뱉었다.

"이분이 도망친 게 아니에요. 지장 할아버지가 헤어지자고 억지로 떠밀었던 거예요. 사실은 이혼 따위 하고 싶지 않으셨을 거예요……."

야스 할머니가 느릿한 동작으로 옆에 있는 미야코를 올려다본다. 하지만 미야코는 고개를 숙인 채 손수건에 얼굴을 파묻고 소리 죽여 오열할 뿐이었다.

"지장 할아버지……, 우리한테…… 가르쳐 주셨어요. 게조라는 이름의 의미. 세 개의 은혜에 대한 이야기요."

나쓰미는 필사적으로 눈물을 참으면서 이야기했다.

야스 할머니의 눈에서 눈물이 순식간에 넘쳐 난다.

"세 번째가…… 반려자와 함께 아이의 행복한 모습을 보는 기쁨이지요? 할아버지 때문에 아내도 아이도 불행해질 것 같아서……. 세 번째 은혜를 지킬 수 없을 것 같아서……. 그래서 지장 할아버지가 먼저 이혼하자고 한 거예요. 그래서……, 그래서요……."

나쓰미가 소리 내어 운다. 바통은 내가 넘겨받았다.

"그러니 아무도, 나쁘지 않아요."

나는 잡고 있던 나쓰미의 손을 가만히 놓고, 작은 가방 안에서 사진 한 장을 꺼냈다. 지장 할아버지가 복사를 부탁했던 빛바랜 낡은 사진. 갓 태어난 아기를 안은 미야코 씨의 사진이다.

"이거……."

야스 할머니께 그 사진을 내밀었다.

세피아색 사진을 물끄러미 바라보다가 눈물로 뒤범벅이 된 얼굴을 들어 나를 쳐다본다.

"뒷면을 봐 주세요."

야스 할머니가 사진을 뒤집는다.

오래된 만년필로 적은 듯한 남색의 세 글자.

"지장 할아버지는 어릴 때 무척 외로우셨대요. 그런데 잠자리에 들 때마다 야스 할머니께서 게조, 엄마 아들로 태어나 줘서 정말 고마워, 라고 말씀해 주셨는데, 그게 할아버지한텐 큰 힘이 되었대요……."

야스 할머니가 양손으로 사진을 들고 흑흑 흐느낀다.

나는 계속 말을 이었다.

"지장 할아버지가 이혼하시고 가장 마음에 걸린 것이 있다면, 아들한테 야스 할머니가 해 준 그 말을 똑같이 들려주지 못한 거라고 하셨어요. 태어나 줘서 고맙다는 말을 못 해 준 것이 가장 후회스러우셨대요. 그래서 야스 할머니와 같은 마음으로, 사진 뒷면에 '고마워'라고 써 두셨다고……."

내 마음이 열로 뜨거워지는 게 느껴졌다. 그래도 상관하지 않고 계속했다.

"아무도 나쁘지 않은데……. 다들 너무나 착하신데……."

눈 속까지 열이 침투하여 이제 내 이성만으로는 그 열을 조절할 수가 없었다.

야스 할머니가 울면서 응, 응 하고 몇 번이나 고개를 끄덕인 후, 미야코에게 "미안해. 미안해."라고 사과했다. 미야코는 고개를 좌우로 흔들면서, 눈물로 꽉 찬 따듯한 눈빛으로 야스 할머니를 바라보았다.

야스 할머니는 잠든 지장 할아버지를 천천히 돌아보고, 붕대로 감긴 아들의 이마를 소중히 어루만졌다.

"이 아이를 낳아서……."

야스 할머니는 마음을 진정시키고 숨을 깊이 들이마셨다가, 그 공기에 생각을 채워 내뱉었다.

"정말 행복했어……. 게조, 태어나 줘서 고마워……."

은혜로운 어머니의 목소리.

그 순간 내 안에서 뭔가가 무너졌다.

목에서 목소리가 저절로 새어 나왔다.

지장 할아버지가 쓰러진 후 나는 이때 처음으로 울었다.

4장

가와이 나쓰미의 '마음'

오늘은 야스 할머니 대신 내가 '다케야' 영업을 마무리하고 문단속을 했다. 우선 여름에 팔고 남은 아이스크림과 냉동식품이 뒤섞인 채 보관된 가게 앞 냉동고에 자물쇠를 채웠다. 이어서 자판기 옆에 있는 캔 전용 쓰레기통에 든 빈 깡통을 모아 쓰레기 수거장에 가지고 갔다. 마지막으로 가게 셔터를 내리면서, 시골의 넓은 저녁 하늘을 바라보았다.

하늘에 멋진 새털구름은 떠 있지만 가을 동안 무리 지어 날아다니던 수많은 고추잠자리의 모습은 없었다. 모두 정말로 죽어 버린 것이다. 헤아릴 수 없을 만큼 겹겹이 쌓였을 고추잠자리들의 시체는 대체 어디로 가 버렸을까…….

불과 보름 전까지 선명한 노랑과 빨강으로 물들었던 산들이 어느덧 색채를 잃었다.

땅 위의 꽃과 풀들도 순식간에 말라 버렸다.

봄부터 가을까지 생명을 구가하던 무수한 존재들이 겨울이라는 계절의 압력에 짓눌려 한꺼번에 땅속으로 밀려 들어가, 안 그래도 한적한 산골 마을이 한층 더 쓸쓸해져 버렸다.

겨울철 황혼은 무자비할 정도로 빨리 찾아온다.

이제 곧 해가 지겠다 싶으면 지친 태양이 금세 부력을 잃고 순식간에 산 너머로 가라앉는다.

옅은 제비꽃 빛깔로 물들기 시작한 동쪽 하늘에 별이 하나 반짝반짝 깜빡이고 있다. 차갑고 고요한 겨울 어둠이 잠시 후 이 작은 산골을 꿀꺽 삼킬 것이다.

시골의 겨울밤은 너무 조용하다. 하다못해 가을벌레라도 울어준다면……, 하고 희망 없는 바람을 품는다.

딸랑…….

풍경 소리마저 적막감을 두른 채 차갑고 마른 공기 속으로 재빨리 흩어진다.

나는 낙엽 냄새를 품은 공기를 가슴 깊이 빨아들이며 조용히 가게 셔터를 내렸다.

저녁 메뉴는 멧돼지 고기를 넣고 끓인 전골 요리였다.

농사를 지으면서 사냥도 하는 이웃 할아버지의 덫에 큰 멧돼지가 잡혀서, 친한 마을 주민들에게 고기를 조금씩 나눠 준 것이다.

나는 전골에 넣을 배추, 파, 표고버섯을 다듬고, 야스 할머니는 고깃덩어리를 능숙한 손놀림으로 얇게 썰고 있다.

이렇게 야스 할머니와 똑같은 앞치마를 입고 부엌에 나란히 서는 게 벌써 몇 번째인가? 앞으로 몇 번이나 더 함께 요리를 할 수 있을까……?

그런 생각이 드니 갑자기 애틋해지면서 절로 한숨이 나왔다.

"왜 그렇게 한숨을 쉬냐? 나쓰미, 무슨 일 있니?"

야스 할머니가 칼을 든 손을 멈추지 않고 말했다.

"오늘은 싱고 군이 없어서 외로운 거 아니냐?"

이렇게 나를 놀리신다.

"아니에요. 그건 그렇고, 별채에서 혼자 자면 쓸쓸하니 오늘은 할머니 방에서 같이 자도 돼요?"

야스 할머니가 깔깔 웃는다.

"싱고 군 대신은 안 되겠지만, 이런 늙은이라도 괜찮다면 할미는 상관없어."

"다행이다……. 밤중에 바람 불면 별채 창문이 덜컹덜컹하거든요. 정말 무서워요."

"할미 방 창문도 바람 불면 덜컹거리는데?"

"그래도 혼자보다 같이 있으면 덜 무섭잖아요."

그렇게 말한 순간, 아차 싶었다. 살짝 자기혐오에 빠진다. 야스 할머니는 늘 혼자 주무시는데……. 나는 당혹감을 감추기 위해 화제를 바꿨다.

"하필이면 오늘 같은 날 못 오다니. 싱고짱은 멧돼지 고기도 못 먹고, 운이 없네."

"그러게 말이다. 가엾으니, 나쓰미가 집에 갈 때 고기 좀 가지고 가거라. 오늘 먹을 것만 썰고 나머지는 냉동시켜 두마."

"어, 그래도 돼요?"

"어차피 늙은이 혼자 다 못 먹으니까."

야스 할머니는 원래 고기를 잘 먹지 않는다.

"와, 감사합니다. 그렇다면 이 기쁜 소식을 당장 전해 줄까?"

나는 휴대전화로 사진을 찍어서 메시지에 첨부하여 보냈다. 야스 할머니가 고깃덩어리를 들고 방긋방긋 웃는 사진이었다.

청소 아르바이트 열심히 해~! 이 멧돼지 고기는 선물이야♪ 오늘 야스 할머니 방에서 사이좋게 같이 잘 거다. 여자끼리 수다를 즐기면서 ㅋㅋ

싱고짱은 오늘 야간 빌딩 청소 아르바이트를 하러 갔다. 평소에 많이 도와주는 선배가 날짜를 바꿔 달라고 부탁했는데 아무래도 거절하기 힘들었던 모양이다.

그래서 오늘은 나 혼자 CBX400F를 타고 '다케야'에 왔다. 야스 할머니는 오토바이를 절대 안 타려고 하시니 병원에 모시고 갈 수는 없고, 이렇게 같이 밥 먹는 것 정도로 만족해야 했다.

"채소 다 썰었어요."

"그럼 냄비에 물 받아서 다시마 넣고 우리자."

"네에."

나는 이 부엌 어디에 무엇이 있는지 거의 다 파악했다. 엄마가 다른 남자랑 사는 집 부엌은 하나도 모르는데…….

나도 이제 어린 나이가 아닌데 어떻게 그 남자를 '아빠'라고 부를 수 있을까. 하지만 재혼한 엄마가 진심으로 행복해지기를 바랄 수 있는 나이이기도 하다. 누가 물으면 당당하게 '지금 나는 행복합니다'라고 말할 수 있었으면 좋겠다. 엄마도 미야코 씨처럼.

오토바이를 무척 좋아했던 아빠는 3년 전에 암으로 돌아가셨는데, 마지막 생명이 다할 때까지 암과 결사적으로 투쟁했다.

"아빠는 나쓰미 결혼식 때 엉엉 울 건데? 귀여운 손주 안아 볼 때까지 절대 안 죽을 테니까 안심해."

병상에서 아빠는 몇 번이나 몇 번이나 그렇게 말했다.

엄마는 그런 아빠를 굳게 믿고 열심히 간병했고, 나도 일하면서 최대한 시간을 내어 함께 있어 드렸다.

하지만 결국 아빠는 이 세상에서 사라졌고, 엄마는 삶에 지친 쓸쓸한 미망인이 되었으며, 나는 오랜 시간을 눈물로 보냈다.

아무도 불행에서 구제받지 못했다.

하지만 그 누구도 나쁘지 않았다는 걸 안다.

모두 따뜻한 마음으로 서로를 생각하고, 진심을 다해 위로하고, 최선을 다했을 뿐……. 지장 할아버지와 야스 할머니와 미야코 씨처럼 아무도 나쁘지 않았다.

문득 거실 쪽에서 〈별에게 소원을〉이 오르골 소리로 들렸다. 메시지 착신음. 싱고짱에게 온 것이다.

배고파. 멧돼지 고기 빨리 먹고 싶닷! ㅋㅋ 야스 할머니는 괜찮으셔? 여자끼리 수다도 실컷 즐기길!

남색 유니폼을 입은 자기 사진을 첨부했기에 야스 할머니께 보여 드렸다.

"싱고 군은 미남이라서 뭘 입어도 어울려."

"그런가……?"

미남이라고 할 정도는 아니라고 생각하는데. 그래도 내 남친이 칭찬받았는데 기분 나쁠 리 있겠는가. 나는 다시금 제복 차림의 싱고짱 사진에 눈길을 주었다. 유감스럽게도 '멋있다!'는 생각은 들지 않았지만, '보고 싶다……'는 생각은 들었다. 그런 내 감정이 무척 건전하고 정직한 것 같아 아주 조금 기뻤다.

"자, 이제 된장을 풀고, 재료를 하나씩 넣으면 완성이야."

야스 할머니가 국자로 된장을 떠서 젓가락으로 조금씩 녹였다.
겨울 부엌이 이내 구수한 시골 냄새로 가득 찼다.

야스 할머니 침실에는 낡고 소박한 불단이 있다.
이불 속으로 들어가기 직전, 꽃무늬 잠옷에 누빔 외투를 걸친 야스 할머니가 불단 앞에서 주름투성이 손을 모으고 10초 정도 가만히 있었다.
"소원 비신 거예요?"
물으니 야스 할머니가 웃어넘기신다.
"별거 아니야. 그냥 오늘 하루 살게 해 주셔서 감사합니다, 라고 인사했지."
"흐음."
야스 할머니 본인에 대한 감사인지, 아니면 지장 할아버지 이야기인지……. 거기까지는 알 수 없었지만 굳이 묻지 않기로 했다.
이불 속에 들어가면서 형광등을 껐다. 완전히 깜깜하면 밤중에 깼을 때 무서울까 봐 작은 오렌지색 전구만 켜 두기로 했다.
"내일은 다쿠야하고 놀아 주기로 했다면서?"
담요 속으로 파고들며 야스 할머니가 물었다.

"네. 오토바이 태워 주기로 했어요."

"넘어지지 않도록 조심해야 혀."

"너무 걱정 마세요. 근처에서 천천히 달리기만 할 테니까."

"그렇다면 안심이다."

"네."

대화가 끊기자 별안간 방이 넓게 느껴졌다.

어스레한 천장도 유난히 높아 보인다.

째깍째깍째깍……, 거실에서 흘러들어 오는 벽시계의 규칙적인 소리가 어둠 속을 둥둥 떠다니다가 먼지처럼 천천히 가라앉는 듯했다.

이따금 가게 앞에 매달린 풍경 소리가 아득하게 들렸다.

"야스 할머니."

"응?"

대답은 하지만 이미 두 눈은 감겼다.

"풍경, 겨울에도 그냥 두나요?"

이 집에 처음 왔을 때부터 궁금했던 점이다. 몇 번이나 물으려고 했지만 타이밍을 놓쳐 묻지 못했다.

"아아……, 그 풍경은 죽은 게조 아버지가 좋아했던 거란다."

야스 할머니의 남편이었던 분.

"신기하게 게조도 어릴 때부터 그 풍경을 참 좋아하더구나. 내가 안에 넣으면 꺼내 달라고 조르곤 했단다. 그래서 어쩌다 보니 일 년

내내 매달아 두게 됐네."

"소리가 참 좋아요."

"그렇지?"

"모양이 참 독특하다고 생각했는데, 그렇게 오래된 것이었군요."

"녹이 많이 슬긴 했다만…. 초롱꽃이랑 비슷하게 생기지 않았냐?"

"앗, 그러네요. 똑같다."

나는 장마철에 보았던 반딧불이의 환상적인 난무를 기억한다. 지장 할아버지가 가르쳐 주셔서 초롱꽃 속에 반딧불이를 넣고 사진도 찍었다.

그립다…….

나는 잠시 추억 속에 잠겼다. 실제로는 그때부터 아직 반년밖에 지나지 않았는데 꽤 오랜 일로 느껴지는 게 신기했다.

나는 몸을 돌리고 옆으로 누워 야스 할머니를 바라보았다. 반듯이 누운 채 눈을 감은 야스 할머니의 자그마한 몸이 굉장히 지쳐 보였다.

이렇게 작은 할머니가 여기서 매일 혼자 주무시네……. 그런 생각이 드니 안쓰러워 견딜 수가 없었다.

딸랑, 딸랑, 하고 멀리서 풍경이 운다.

오늘 밤엔 유리창이 흔들리지 않고 뒷산의 대나무 숲도 조용하다. 바람은 없는데 풍경만 운다. 가슴이 묘하게 어수선했다.

야스 할머니의 호흡이 일정한 리듬을 새기기 시작했다. 이제 깊이 잠드신 모양이다. 평소라면 벌써 잠들고도 남을 시각이니.

그러고 보니 여자끼리 수다도 거의 못 떨었네.

조금 아쉬운 마음에 나는 베갯머리에 둔 휴대전화를 손에 들었다. 싱고짱한테 '굿나이트 메시지'를 보내려 한다.

메시지 화면을 띄우고 생각 중이다. 뭐라고 입력할까.

따르르르릉……, 따르르르릉…….

거실에 있는 전화가 운다. 밤 10시가 넘은 시각. 이 시간에 '다케야' 전화벨이 울린 일은 여태까지 한 번도 없었다.

"전화 왔네."

야스 할머니가 눈을 게슴츠레 뜨고 작은 소리로 말했다.

"제가 받을까요?"

"아니야. 내가 갔다 오마."

야스 할머니가 복도를 지나 거실 쪽으로 급히 걸어간다.

딸랑, 딸랑…….

다시 들린 풍경 소리.

밖은 쥐죽은 듯 고요하다. 바람도 안 부는 것 같은데…….

침실에 홀로 남은 나는 왜 그런지 가슴이 두근거려 상반신을 일으키고 앉았다.

전화벨 소리가 멈추고, 대신 야스 할머니의 목소리가 희미하게 들린다. 평소의 느긋한 톤이 아니라는 것을 나는 금세 알아차렸다.

그리고…….

"나, 나쓰미!"

거실에서 야스 할머니가 소리친다.

"왜 그러세요!"

나는 다급히 일어나서 복도를 달려 거실로 뛰어들었다.

야스 할머니는 양손으로 수화기를 꼭 잡은 채 우두커니 서 있었다. 당장이라도 울음을 터뜨릴 것 같은 표정이다.

"왜 그러세요?"

나는 같은 질문을 반복했다.

"게, 게조가……."

어…….

심장이 순식간에 빨라진 듯했다.

설마…….

"게조가…… 위독하대."

"위독……."

"지금 전화로, 간호사가……, 빨리 병원으로 오라고……."

나는 할 말을 잃고 말았다.

"아아, 나쓰미……."

야스 할머니가 양손으로 꼭 잡은 수화기에서 뚜, 뚜, 뚜 하는 전자음이 새어 나왔다. 전화는 이미 끊어져 있었다.

딸랑. 딸랑.

풍경이 운다.

왜일까……. 이때 나는 믿을 수 없을 정도로 냉정해지는 걸 느꼈다. 마음은 걷잡을 수 없이 떨리는데, 그 마음을 또 다른 내가 밖에서 꾹 눌러 떨림을 억누르는 듯한 느낌이었다.

나는 성큼성큼 야스 할머니 곁으로 걸어가 수화기를 잡았다. 그러고 전화기 위에 놓았다.

"할머니, 괜찮을 거예요. 우선 옷부터 갈아입으시고요."

침착한 목소리로 그렇게 말하고 야스 할머니의 연약한 등을 오른손으로 밀며 침실 옷장 앞까지 갔다.

"밖은 추우니까 최대한 두껍게 입으세요. 편한 옷으로요. 치마는 안 되고 바지로."

말하면서 나도 서둘러 옷을 갈아입었다. 스웨터 위에 털 달린 크림색 다운재킷을 껴입었다.

엄마는 말이야, 최선을 다했던 아빠의 마지막 순간을 지켜볼 수 있었다는 것만으로 정말 다행이라고 생각해.

3년 전 엄마가 한 말.

장례식이 끝나고 단둘이 남았을 때, 엄마가 하염없이 울면서 그렇게 말했다.

나는 옷을 다 갈아입은 후 다른 옷장 앞에 섰다.

"할머니, 여름에 나한테 주신 유카타, 여기 들어 있죠?"

말하면서 손은 이미 옷장 서랍을 열고 있었다. 기억대로 4개월 전에 입었던 유카타와 황금색 띠가 앞쪽에 있었다. 나는 띠만 손에 들었다.

"다 갈아입으셨어요?"

경황없이 그저 응, 응, 하고 고개만 끄덕이는 야스 할머니 등을 밀며 둘이서 뒷문을 통해 밖으로 나왔다.

섣달의 밤공기가 차갑게 얼어붙어 숨 쉴 때마다 하얀 입김이 나왔다.

무척 조용한 달밤이었다.

역시 바람은 거의 불지 않는다.

그런데도 가게 앞 풍경이 투명한 음색을 연주한다.

딸랑, 딸랑…….

우리는 가게 앞으로 돌아 나왔다.

차가운 밤공기 속에 푸른 달빛을 반짝반짝 비추며 서 있는 나의 CBX400F.

야스 할머니를 그 오토바이 앞으로 이끈다.

별채에서 다쿠야에게 씌우려고 준비했던 헬멧을 가지고 나왔다.

"쓰세요."

망연한 표정으로 서 있는 야스 할머니의 작은 머리에 헬멧을 쏙 씌워 드렸다. 턱 끈도 꽉 묶었다.

"나쓰미……."

불안한 야스 할머니의 목소리.

"응, 괜찮아요."

의연한 목소리로 대답하면서 나도 헬멧을 썼다.

시동을 건다.

불붙은 철마의 심장이 거칠게 고동친다. 그 소리에 깊은 바닷속처럼 고요했던 시골 밤이 흔들린다.

"할머니, 타세요."

등에 손을 대고 재촉했다.

그래도 야스 할머니는 움직이려 하지 않았다.

"제가 좋은 방법을 생각해 냈어요. 이걸로 우리 둘을 꽁꽁 묶는 거예요. 그러면 절대로 떨어질 일 없으니 조금은 안심이잖아요."

나는 유카타 띠를 내밀어 보여 주었다.

"그러니 부탁이에요. 타세요, 야스 할머니."

야스 할머니의 등은 여전히 딱딱하게 경직되어 있었다. 아무래도 발이 앞으로 나오지 않는다.

"할머니……."

내 안의 마음이 부풀어 흘러넘치려 한다.

"지장 할아버지 지금 위독하잖아요. 아들이 생사의 기로에서 헤매고 있는데, 어머니가 이런 일로 망설이면 안 되잖아요."

"나쓰미……."

헬멧 안의 야스 할머니 눈이 눈물로 젖어 왔다.

달빛을 받아 반짝이는 그 물방울을 본 순간, 내 안의 결의가 더 강해졌다.

반드시, 반드시, 반드시…… 늦기 전에 만나게 해 드려야 한다.

나는 야스 할머니의 두 손을 잡고 꼭 감쌌다. 헬멧을 쓴 채 얼굴과 얼굴이 붙을 정도로 가까이 다가간다. 주름 속에 묻힌 야스 할머니의 작은 눈. 그 눈을 가만히 응시하며 이야기했다.

"야스 할머니……. 이 오토바이, 사실은 돌아가신 아빠의 유품이에요."

"……."

"정말 다정한 아빠였어요. 나, 아빠를 얼마나 좋아했는지 몰라요. 아빠가 그랬죠. 나쓰미는 무슨 일이 있어도 반드시 지켜 주겠다고. 어릴 때부터 몇 번이나 약속했어요. 그러니 야스 할머니, 믿어 주세요. 병원까지 반드시 안전하게 모셔다 드릴게요. 지장 할아버지랑 만나게 해 드릴게요. 우리 아빠가 지켜 줄 거예요. 그러니까, 부탁이에요……. 제발……."

눈앞의 야스 할머니 얼굴이 흔들렸다. 내 눈에도 눈물이 고인 것이다. 꼭 감은 눈에서 눈물이 흘러 볼을 타고 떨어진 순간.

야스 할머니의 발이 한 걸음, 두 걸음……, 오토바이를 향해 움직였다.

"야스 할머니……."

뒷자리에 오르는 야스 할머니를 도운 후 나도 안장에 걸터앉았다. 황금색 띠로 두 사람의 몸을 둘둘 감는다.

"저랑 아빠를 믿으세요."

뒤돌아보고 그렇게 말했다.

야스 할머니가 묵묵히 고개를 끄덕였다.

가죽 장갑을 끼고 스로틀을 당긴다.

부릉, 부릉, 부릉…….

엔진 상태는 좋았다. 라이트를 켜니 '다케야' 앞이 확 밝아지면서 칠흑 같았던 공터가 노랗게 떠올랐다.

나는 남빛의 겨울 밤하늘을 올려다보았다.

아빠……, 부탁해요.

헬멧 안에서 중얼거렸다.

클러치를 잡고 기어를 1단에 맞춘다.

스로틀을 비틀면서 암흑 속을 서서히 나아간다.

야스 할머니가 내 허리를 잡고 꼭 매달렸다. 띠로 묶어서 상체를 밀착시킨 데다 이만큼 단단히 붙잡고 있어 준다면 도중에 떨어질 염려가 없으니 안정적으로 달릴 수 있다.

좋았어!

나는 2단, 3단, 4단으로 속도를 높였다.

첫 커브 직전에 2단까지 낮추고 차체를 기울였다. 코너를 돌면서 뒷바퀴가 바깥쪽으로 주르르 미끄러지는 감각을 맛본다.

갈 수 있다. 좀 더. 좀 더. 빨리.

클리핑 포인트를 벗어나자마자 스로틀을 세게 당긴다. 묵직한 CBX400F가 으르렁거리며 속도를 높인다. 뒷바퀴가 바깥쪽으로 미끄러진다.

아직 괜찮다.

액셀을 더 세게 당긴다.

드리프트 주행도 완벽하다.

이때 아빠의 유품과 내 몸은 하나였다.

내 안의 집중력이 팽팽하게 높아지는 걸 느꼈다.

절대 늦지 않겠어!

스로틀을 최대한 당겼다.

머플러가 울부짖는다. 날카로운 겨울바람이 온몸을 때린다.

나와 야스 할머니와 아빠의 유품이 한 덩어리가 되어, 꾸불꾸불한 암흑을 마치 돌풍처럼 휩쓸고 지나갔다.

시내에 들어와서도 스로틀을 놓지 않았다.

달리는 차들을 지그재그로 피하며 병원 주차장으로 뛰어들었다. 나는 정문이 아니라 녹색 램프가 켜진 야간 접수처가 있는 뒷문 바로 앞에 오토바이를 세우고 시동을 껐다. 곧 유카타 띠를 풀고 야스 할머니를 오토바이에서 내렸다.

생각했던 대로 야스 할머니의 다리가 후들후들 떨리는 게 보였지만, 숨 돌릴 새 없이 헬멧을 벗기고 사이드미러에 헬멧 두 개를 나란히 걸었다.

"가요."

야스 할머니의 오른손을 끌었다.

"입원 중인 후쿠이 게조 씨 가족입니다. 방금 위독하다는 전화를 받았어요."

졸린 듯 눈을 반쯤 뜬 접수처 아저씨에게 내가 빠른 속도로 말했다.

"아, 예, 그러신가요? 그렇다면……, 자, 우선 여기에 말이죠, 이름이랑 연락처를 써 주시고, 또……."

"그런 건 나중에요!"

"예……?"

어안이 벙벙한 아저씨의 표정은 본체만체하고 야스 할머니 손을 끌어당기며 엘리베이터에 올랐다.

엘리베이터 문이 닫힌 후 5층까지 오르는 데 족히 3분은 걸린 것 같은 기분이었다.

띵, 하는 소리와 함께 5층에 도착하자마자 엘리베이터에서 뛰쳐나와 간호사실 앞에서 오른쪽으로 돌아 복도 끝까지 돌진했다.

중환자실 옆 병실 문이 열려 있다.

혈압은? 떨어졌습니다. 심박. 아, 또 정지했습니다. 어서 가슴 열고!

절박한 목소리가 병실 안을 어지러이 오갔다.

우리는 가장 안쪽에 누운 지장 할아버지께 서둘러 다가갔다.

"당신, 누구야?"

흰 가운을 입은 의사가 거추장스럽다는 듯 물었다.

"가족이에요, 후쿠이 게조 씨의."

내가 한 말이 들렸을 텐데도 의사는 대답도 않고 응급처치를 계속했다. 심장마사지를 하다가 이따금 전극 두 개를 가슴 부위에 대고 전기 쇼크를 가했다. 움직이지 않았던 지장 할아버지의 몸이 뒤로 젖혀질 듯 반응한다.

제발…….

나는 마음속으로 손을 모으고 빌었다.

야스 할머니는 정신이 나간 듯한 얼굴로 내 옆에 우두커니 서 있었다.

연배가 있어 보이는 간호사가 우리 앞을 지나면서 빠른 속도로 말한다.

"최선을 다하고 있으니, 기도해 주세요."

나는 반사적으로 고개를 숙였지만, 야스 할머니는 미동조차 하지 않았다.

"야스…… 할머니?"

가녀린 어깨에 손을 조심스레 올린 순간.

딸랑.

내 의식 어딘가에서 그 풍경 소리가 들린 것 같았다.

"이제……."

야스 할머니 입에서 갈라진 목소리가 나왔다.

"네?"

"이제, 됐어……."

야스 할머니가 혼잣말처럼 중얼거리더니 지장 할아버지 쪽으로 천천히 걷는다.

나는 그 작은 뒷모습을 멍하니 바라보았다.

야스 할머니는 간호사와 의사들 사이로 비집고 들어가, 지장 할아버지의 상반신을 감싸 안았다.

"으앗. 이, 이봐요! 누구야, 이 사람. 위험하잖아요!"

전극을 손에 든 의사가 깜짝 놀라 눈을 크게 떴다.

"왜 그러세요, 할머니?"

간호사도 의사도 치료하던 손을 멈추고 지장 할아버지에게 매달린 야스 할머니를 내려다보았다.

삐—, 삐……, 삐.

지장 할아버지의 심장이 뛰기 시작했다는 걸 증명하는 전자음이 삭막한 병실에 울려 퍼졌다.

"아, 뛰었어요."

젊은 간호사 목소리.

"저기, 할머니……, 좀 비켜 주시겠어요?"

젊은 의사가 아이를 달래는 듯한 말투로 부탁했다.

삐—, 삐—…….

"선생님, 심박이 또!"

"할머니, 지금 못 살리면, 아들 죽어요."

중년의 의사가 고압적인 태도로 말했다.

그래도 야스 할머니는 움직이지 않았다. 아들을 끌어안고, 마치 지키려는 듯.

삐—, 삐—, 삐————, 삐, 삐—.

심박이 불안정해 보였다.

죽어요. 죽는다고요.

지장 할아버지가…….

"일단, 위험하니 비켜 주세요."

젊은 의사가 야스 할머니 어깨에 손을 올렸다.

그 순간.

"잠깐만요!"

반사적으로 목소리가 나왔다.

내 다리가 저절로 움직였다.

침대 옆으로 가서 지장 할아버지를 안은 야스 할머니 곁에 섰다.

"야스 할머니, 괜찮아요. 제가 있어요."

나는 그렇게 말하고 가녀린 야스 할머니의 등을 천천히 어루만졌다.

삐—, 삐……, 삐, 삐…….

"지장 할아버지께 하고 싶은 말, 다 하세요."

의사도 간호사도 모두 묵묵히 야스 할머니를 내려다본다.

야스 할머니의 두 눈에서 흐른 물방울이 맨몸으로 드러난 지장 할아버지의 하얀 가슴 위로 뚝, 뚝, 떨어졌다.

"…… 게조."

야스 할머니가 일단 몸을 일으키더니, 이번엔 지장 할아버지의 볼을 손바닥으로 가만히 쓰다듬는다.

"…… 게조…… 게조……, 엄마야……. 정말 수고했어……."

삐—, 삐…….

"고마워……, 게조. 정말 고마워."

삐—, 삐———————, 삐…….

"이제 아버지를 만날 수 있겠구나……."

삐———————————————————————————.

병실 안에 울려 퍼지는 무자비한 기계음이 흐르던 시간을 멈췄다.

지장 할아버지의 심장도 멈췄다.

중년의 간호사가 손목시계를 보고 사망 시각을 확인한다.

그동안에도 야스 할머니는 순식간에 온도를 잃어 가는 아들의 볼과 이마를 계속 쓰다듬고 있었다.

나는 정신이 반쯤 나간 상태로 그 모습을 응시했다.

이윽고 야스 할머니가 침대에 엎드렸던 상체를 일으켜, 느릿한 동작으로 의사와 간호사들을 둘러보았다.

"야스, 할머니?"

나는 혼잣말처럼 중얼거렸다.

야스 할머니가 눈물에 젖은 얼굴로 숨을 깊이 들이마신 다음 천천히 입을 열었다.

"이번에…… 제 아들이……, 신세를 많이 졌습니다. 정말 감사합니다."

목소리는 떨렸지만, 야스 할머니의 그 모습이 늠름해 보였다. 말이 끝난 후, 할머니는 깊이 허리를 숙였다.

아무도 아무 말을 하지 않았다.

병실 안은 밝고 고요했고, 신비로운 온기로 가득 차 있었다.

야스 할머니가 숙였던 머리를 천천히 든다.

그때.

짝, 짝짝…….

왼편에서 박수 소리가 들렸다.

최고 연장자인 조금 풍만한 몸집의 간호사였다.

"훌륭한 어머니셨습니다……."

닭똥 같은 눈물을 뚝뚝 흘리며 박수를 치고 있다.

짝짝짝…….

곧 젊은 남자 간호사도 박수에 가담해 주었다.

짝짝짝…….

이 박수 소리는 야스 할머니에게 '당신, 누구야?'라고 했던 의사다.

박수는 서서히 전염되었고, 어느새 그 병실에 있는 거의 모든 사람의 손이 움직이고 있었다. 콧수염을 기른 나이 지긋한 의사만 유일하게 박수를 치지 않았으나, 그 역시 팔짱을 낀 채 몇 번이고 고개를 끄덕였다.

야스 할머니가 나를 올려다본다.

"나쓰미……. 게조가……."

자그마한 야스 할머니가 갈라진 목소리로 중얼거리더니 내 가슴에 가만히 이마를 댔다. 그리고 흐느껴 울었다.

"야스 할머니……."

나는 어린아이처럼 등을 떨며 우는 야스 할머니를 가슴에 꼭 안았다. 빗줄기같이 끊이지 않는 박수 속에서 우리는 그만 목 놓아 울고 말았다.

숨을 거둔 직후 고인을 일시적으로 안치하는 병원 지하 영안실이라는 곳에 들어간 건 이번이 처음이었다. 종종 TV 드라마에도 나오듯 아무것도 없는 살풍경한 방이었지만, 눈부신 형광등 덕분인지 연출된 드라마 장면보다 훨씬 밝았고 입구 문도 활짝 열려 있어 침울한 분위기가 아니라는 점이 다행이었다.

영안실 안엔 파이프 의자가 몇 개 놓여 있었다. 새벽 5시 현재, 지장 할아버지의 시신 옆에 네 사람이 있다. 나와 야스 할머니, 그리고 소식을 듣고 달려온 다쿠야의 아버지 야스하루 씨와 운게쓰 씨다. 다쿠야와 히토미는 아직 어리고 미카 씨는 두 아이를 돌봐야 하니 올 수 없었으리라.

5시 15분이 조금 지났을 때 멀리 계단 쪽에서 다다다다, 하는 조급한 발소리가 들렸다.

나는 의자에서 벌떡 일어나 복도로 나갔다.

복도 왼쪽 끝에서 청소부 유니폼을 입은 남자가 불쑥 나타나 빠른 걸음으로 다가온다.

"나쓰미."

나는 그에게 달려들어 안겼다.

"가셨어……."

"응."

"지장 할아버지……."

"응, 알아. 나쓰미, 잘해 줬어."

싱고짱이 내 뒷머리를 부드럽게 쓰다듬었다.

긴장했던 마음이 풀어지니 슬픔이 다시 밀려와 또 울 것만 같았지만, 의식적으로 심호흡을 하면서 가슴속의 열을 토해 내어 가까스로 눈물을 막아 냈다.

싱고짱과 함께 영안실로 들어갔다.

"야스 할머니……."

싱고짱은 들어가자마자 야스 할머니를 불렀다.

"싱고 군, 보고 오너라. 행복한 얼굴을 하고 있어."

야스 할머니가 다정한 목소리로 조용히 말했다.

"예……."

싱고짱이 양손으로 지장 할아버지의 얼굴을 덮은 하얀 천을 조심스레 걷었다.

야스 할머니 말대로 무척 편안한 얼굴을 하고 있었다. 꼭 다문 입술 끝이 위를 향하고 있어 마치 미소 짓는 듯 보이기도 했다.

"정말……. 행복해 보이세요……."

지장 할아버지의 얼굴을 내려다보며 싱고짱이 작은 소리로 말했다. 말한 후 곧 손목으로 두 눈을 비빈다.

그러고는 가슴주머니에서 뭔가 자그마한 물건을 꺼내어 지장 할아버지 얼굴 옆에 조심스레 놓았다.

작고 볼품없는 민들레꽃이었다.

"싱고짱, 그거……."

"응. 오는 길에 다케야에 들러서 한 송이 꺾어 왔어. 겨울인데 아직 있더라……. 밤이라 꽃잎을 오므리고 있긴 했지만."

싱고짱은 작은 한숨을 내쉰 후, 뒤에 있는 야스 할머니를 천천히 돌아보았다.

"야스 할머니……."

고개를 숙이고 손가락으로 눈물을 닦으며 갈라진 목소리로 묻는다.

"지장 할아버지 얼굴……, 제가 사진으로 찍어도, 될까요……?"

어……?

묵묵히 파이프 의자에 앉아 있던 운게쓰와 야스하루가 멈칫 놀라 싱고짱을 보았다. 나도 가슴이 덜컥하여, 싱고짱과 야스 할머니의 얼굴을 번갈아 보고 말았다.

그러나 야스 할머니는 일말의 망설임도 없이 부드럽게 미소 지으며 말했다.

“되고말고. 싱고 군이 사진을 찍어 주면 게조도 기뻐할 거야.”

싱고짱은 “고맙습니다.”라고 작은 소리로 말한 후, 짊어졌던 가방을 바닥에 내리고 안에서 캐논을 꺼냈다.

카메라를 목에 걸고 우선 지장 할아버지를 향해 양손을 모으고 묵도했다.

옆에 있는 파이프 의자를 지장 할아버지 얼굴 옆에 놓은 다음, 신발을 벗고 그 위로 오른다.

지장 할아버지를 위에서 내려다보며 카메라를 들었다.

잠시 후 찰칵, 찰칵, 찰칵…… 하는 시원스러운 셔터 소리가 영안실에 울려 퍼졌다.

나는 다시 한 번 지장 할아버지의 얼굴을 바라보았다.

할아버지가 좋아하는 민들레와 온화한 미소.

야스 할머니 말이 맞았다.

지장 할아버지의 얼굴이 정말로 기쁜 듯 보였다.

5장

아이바 싱고의 '소원'

늘 그랬듯 '다케야' 앞 공터 구석에 왜건R을 세웠다.

시동을 끄고 차에서 내린다.

상복 차림의 나쓰미가 자갈이 깔린 땅을 밟자마자 어깨를 움츠리면서 자기 몸을 팔로 감싼다.

"우와, 역시 춥다."

"산은 기온 자체가 달라. 여기 봐, 땅에 서리가 내렸어."

나는 양손을 상복 바지 주머니에 찔러 넣고 검정색 가죽 구두를 신은 발로 음지에 선 서릿발을 서벅서벅 밟았다.

바람이 조금이라도 불면 목덜미의 모공이 쏙 오므라드는 게 느껴질 만큼 산골짜기의 공기는 차가웠다. 그래도 시원한 푸른색을

떤 하늘을 올려다볼 때마다 무심코 심호흡을 하게 된다.

"춥긴 해도 맑아서 다행이야."

흑백의 포장막으로 덮인 '다케야' 쪽을 바라보며 나쓰미가 자그맣게 미소 짓는다. 무척 쓸쓸한 미소였지만 상복 차림에 잘 어울리는 표정이라고 나는 생각했다.

"나쓰미, 이런 하늘을 뭐라고 부르는지 알아?"

"어, 뭘까……. 니혼바레(日本晴れ)?"

"뭐, 그것도 정답이긴 하지만 서리가 내린 후의 이런 맑은 하늘을 시모비요리(霜日和)라고 해."

"시모비요리?"

"응. 예쁜 단어지?"

나는 말하면서 서벅서벅 서릿발을 계속 밟았다. 어릴 때 고향인 나가노에서는 종종 이렇게 서릿발을 밟으며 학교에 다니곤 했다.

"싱고짱, 박식하다."

"그렇지? 오늘 아침 일기예보 보고 알았지만."

또 일기예보야? 하고 나쓰미가 웃는다.

"이제 들어가 볼까?"

"응."

우리는 '다케야'를 향해 걸었다.

가게 앞에 상복을 입은 사람들의 모습이 하나둘씩 보였다. 그중에 운게쓰의 모습도 있었다. 흰머리 섞인 텁수룩한 머리카락을 박박 긁으며 무료한 표정으로 우체통 앞에 우두커니 서 있다. 상복이 이렇게 안 어울리는 사람도 드물 것이다. 나는 웃음이 나왔다.

"안녕하세요."

나쓰미와 내가 고개를 꾸벅 숙이니 윤게쓰가 조금 놀란 듯 "아, 으응." 하더니 곧 시선을 외면했다. 대답을 해 준 것만도 상당한 진보라고 나는 생각하기로 했다.

가게 안에 들어가니 진열장이 오른편으로 치워져 있었다. 계산대가 없어진 마룻귀틀에서 거실을 들여다본다. 중간 문을 터서 안방이랑 연결한 듯했다. 제단은 가장 안쪽에 쓸쓸히 마련되어 있었다. 금전적 여유가 없는 만큼 장식도 꽃도 거의 없는 소박한 제단이었지만, 이 검소한 가옥 안에서 엄숙하게 치르는 장례식엔 잘 어울리는 정경이라는 생각도 들었다.

흑백의 영정 사진은 내가 찍은 것이었다. 강변에서 눈부신 듯 미소 짓는 사진이다.

우리는 "실례하겠습니다." 하고 말하면서 신발을 벗고, 바쁘게 움직이는 마을 아주머니들 틈으로 들어갔다. 낯익은 분도 있어서 인사를 나눈다. 야스하루 씨와 미카 씨도 눈에 띄었다.

부엌에 얼굴을 내미니 바지런히 움직이는 야스 할머니의 자그마한 등이 보였다.

"야스 할머니."

나쓰미가 그 가녀린 어깨를 콕 찌르며 불렀다.

"아, 응, 나쓰미. 싱고 군도 왔냐……. 바쁜데 여기까지 와 줘서 정말 고맙다."

"아니에요. 오늘 도와 드리지도 못하고, 죄송해요."

양손을 모으고 고개를 꾸벅 숙이며 나쓰미가 말했다. 우리는 학교와 직장 때문에 밤새 있어 드리지 못했다.

"괜찮다. 장의사랑 상조회 분들이 다 해 주셨어. 게다가 오늘은 아침부터 미야코도 와 있고."

"엇."

나쓰미와 내 목소리가 겹쳐졌다. 둘 다 두리번두리번 미야코 씨를 찾는다.

"지금은 다쿠야네 가게에 심부름 보냈다."

"그렇구나. 나중에 인사해야겠네요."

"응."

나는 나쓰미를 보고 고개를 살짝 끄덕인 후 곧 야스 할머니 쪽을 보았다.

"할머니, 저희가 도울 게 있다면 언제든지 말씀해 주세요."

"그래, 고맙다. 그런데 오늘은 정말 괜찮아. 편히 앉아 쉬어."

장례식 때 편히 앉아 쉬라는 말을 듣는 건 좀 이상하다고 생각하면서도 잠자코 있는데…….

딸랑.

툇마루 처마 밑에 매달린 녹슨 풍경이 기분 좋은 소리를 연주했다.

나쓰미와 나는 그 소리에 이끌려 툇마루 쪽으로 시선을 주었다.

"거봐. 게조도 편히 앉아 쉬라잖냐……."

야스 할머니가 조용히 미소 지었다.

어두워지기까지 아직 시간이 많았다.

나쓰미와 나는 우선 분향을 하고 소박한 제단 앞에 나란히 앉아 영정 사진을 올려다보았다.

"사진 좋다……."라고 나쓰미가 말했다.

"내가 찍었거든."

"피사체가 훌륭했던 거 아냐?"

"듣고 보니 그렇군."

액자 속의 지장 할아버지는 아이처럼 순수한 미소를 띠고 온화한 표정으로 우리를 내려다보고 있었다. 나는 그 미소에 미소로 답하고 싶어졌다.

우리는 향에 불을 붙여 향로에 조심스레 꽂은 다음, 장례종을 울리고 얌전히 양손을 모았다.

눈을 감으니 내 가슴속에 여러 생각이 엉켜 윤곽을 이루지 못했다. 그래서 일단 마음속으로 '안녕하세요, 지장 할아버지'라고 불러보았다. 영정 사진이 '와 줘서 고마워' 하면서 미소 짓는 듯 보였다. 나는 가슴으로 지장 할아버지의 목소리를 들었다.

관에는 돌아가신 이의 얼굴을 뵙기 위한 작은 여닫이문이 달려 있다. 관 앞에 정좌했다가 내가 대표로 그 문을 열었다.

유리 너머 지장 할아버지의 얼굴이 보였다.

얼굴에 화장이 되어 있었지만 역시 안색은 좋지 않았다. 그래도 병원 영안실에서 본 그대로 입가에 무척 평안한 미소를 담고 있었다.

"지장 할아버지, 역시 웃고 계시네."

나쓰미의 말에 나는 "응." 하고 살짝 고개를 끄덕이면서 다시 손을 모았다. 곧 나쓰미도 따라 했다.

그러고 우리는 밖으로 나왔다. 집 안에 있어도 정말 도울 게 없었고 방해만 될 뿐이었다.

원래 가게 앞에 놓여 있던 등받이 없는 벤치가 우체통 앞으로 치워져 있었다. 거기 운게쓰가 혼자 앉아 있기에 나는 고개를 살짝 숙이면서 다가갔다.

"옆에 앉아도 되나요?"

"마음대로 해."

"예, 그럼……."

우체통 옆 자판기에서 따뜻한 캔 커피를 세 개 뽑아 하나를 나쓰미에게, 다른 하나를 운게쓰에게 내밀었다. '안 마셔'라고 할지도 모른다고 각오했는데 뜻밖에도 "고맙네."라며 받아 주었다.

오른쪽부터 운게쓰, 나, 나쓰미 순으로 벤치에 앉아 아무 대화도 없이 캔 커피를 마셨다.

멀리서 딸랑, 딸랑, 하고 풍경이 운다.

"저 풍경은 소리가 참 좋아요."

무릎 위에서 빈 캔을 만지작거리며 내가 말했다.

"지장이 좋아하던 거야."

운게쓰가 앞을 바라본 채 대답했다. 여전히 무뚝뚝하고 거친 말투이지만 처음 만났을 때랑 비교하면 목소리에서 가시가 제법 사라졌다. 그래서 과감하게 물어보기로 했다.

"지장 할아버지랑 어떤 관계셨나요?"

운게쓰는 내 질문에 대답하지 않고 빈 캔을 쓰레기통에 휙 던져 넣었다. 상복 가슴주머니에서 담배를 꺼내더니 익숙한 손놀림으로 한 개비 입에 물고 백 엔짜리 라이터로 불을 붙였다. 천천히 빨아들였다가 멀리 산 쪽을 향해 담배 연기를 토해 낸다.

"은인이야."

"네?"

"지장은 내 은인이야."

나도 나쓰미도 왠지 끼어들기 뭣해서 운게쓰의 입이 다시 움직이기를 기다렸다.

서늘한 바람이 툇마루의 풍경을 흔들고 지나가면서 담배 연기를 오른쪽으로 밀어냈다. 운게쓰는 혹시 나쓰미와 내 쪽으로 연기가 가지 않는다는 걸 확인하고 담배를 피운 게 아닐까? 왠지 그런 생각이 들었다.

"상상해 봐."

"네?"

"이런 시골에 나처럼 생긴 남자가 이사를 오면, 어떻게 될지."

"어떻게, 되나요?"

운게쓰가 담배 연기를 토해 내면서 훗 하고 웃었다.

"자네, 바본가?"

"어……."

"상상력이 떨어지나?"

"그럴, 지도 모르겠네요."

뒤통수를 긁으며 대답하니 옆에서 나쓰미가 킥킥 웃었다.

"이방인 취급이야. 이 마을 사람들 모두 나를 멀찍이 둘러싸고 관찰했어. 괴물이라도 보듯이."

"따돌림당하신 건가요?"

"그렇게 노골적인 건 아니었지만, 뭐, 비슷하지. 그래도 나를 따뜻하게 맞아 준 사람이 딱 네 사람 있었어."

"네 사람이요?"

"응. 누군지 알겠나?"

나는 머리를 굴렸다.

"지장 할아버지랑, 야스 할머니겠지요……. 또 누구지?"

이때 나쓰미가 웃으면서 처음으로 끼어든다.

"싱고짱, 둔하다."

"어……."

"나는 알겠는데. 나머지 두 사람."

"으음……, 아! 야스하루 씨 부부?"

운게쓰가 흥, 하고 코웃음 친다.

"둔하군, 정말."

"그럼, 누군데요?"

"당연히 다쿠야랑 히토미지."

"아……."

나는 무릎을 치고 싶은 기분이었다. 맞다. 정말 그랬을 거다. 운게쓰의 품에 쏙 들어가서 앉는 히토미의 모습이 떠올랐다.

"운게쓰 씨, 제 말이 맞죠?"

"응, 정답이다."

운게쓰는 담배를 땅에 비벼 끄고 꽁초를 휴대용 재떨이에 담으면서 말을 이었다.

"지장이 이 시골 마을에서 사는 법을 전부 가르쳐 줬어."

운게쓰는 황량한 색깔의 먼 산줄기를 바라보며 더듬더듬 과거를 회상했다.

이 마을에 처음 이사 와서 '다케야'에 물건을 사러 오면, 지장 할아버지가 늘 "차라도 한잔 마시고 가게나."라며 운게쓰를 거실로 초대했다고 한다. 그리고 마을 사람들이 가게에 들를 때마다 새로운 얼굴인 운게쓰를 소개했다. 그런 식으로 사람들과 잘 어울리지 못하는 운게쓰를 주민들에게 인사시키며 서서히 적응하도록 도운 사람이 바로 지장 할아버지였다.

“고맙다는 인사를 해 뒀어야 했어. 지장이 없었다면 나는 여기 살지 못했을 거야.”

운게쓰가 애통한 심경을 토해 내고 벌떡 일어났다. 묵묵히 가게 안으로 들어가려 한다.

“아, 저기.”

우락부락한 등을 불러 세웠지만 운게쓰는 돌아보지도 않고 “밤이 되기 전에 인사라도 해 둬야지.”라고 말하면서 가게 안으로 사라졌다.

벤치에 남은 나쓰미와 나는 서로 얼굴을 마주 보았다.

“운게쓰 씨, 알고 보니 귀여운 분이네.”

나쓰미가 장난스럽게 웃는다.

“어? 귀여워?”

“응.”

“말도 안 돼. 어디가……?”

“사실은 좋은 사람인데 굉장히 수줍음을 잘 타서 사람 대하는 걸 어려워하는 것 같아. 그런 면이 미숙한 사춘기 소년 같지 않아?”

“미숙한 사춘기 소년이라……. 손재주는 그렇게 좋으면서.”

“신은 공평해서 한 사람한테 한 가지 재능만 준다잖아.”

“그런 건가?”

우리는 킥킥 웃었다.

그 웃음소리에 반응하듯 뒷산의 대나무 숲이 사사사삭, 하고 움직였다. 곧 차가운 바람이 불어와 툇마루의 풍경을 딸랑, 딸랑, 울리고 지나간다.

그때였다. 시나가와(品川) 번호판을 단 흰색 세단이 '다케야' 앞 공터로 미끄러져 들어왔고, 그 차에서 한 남자가 내렸다.

검은 상복 차림의 남자가 천천히 이쪽으로 걸어온다. 짧은 머리에 보통 체격, 나이는 30대 중반쯤으로 보였다.

"싱고짱……."

"응……."

나쓰미와 나는 이 짧은 대화로 서로가 무슨 말을 하려는 건지 충분히 알았다.

다가오는 남자의 얼굴 생김새에 저절로 반응한 것이다.

무표정인데도 왠지 싱긋 미소 짓는 듯 보이는 그 얼굴에.

이윽고 남자가 가게 앞에 이르렀다. 멍하니 앉은 나쓰미와 내게 온화한 미소를 지으며 묻는다.

"저기, 말씀 좀 묻겠습니다. 후쿠이 야스에 씨, 이 안에 계시나요?"

나쓰미와 내가 서로 마주 본다. 그리고 동시에 고개를 끄덕인다.

"예, 계세요."라고 내가 말했다.

"실례지만, 혹시 기미히데 씨……?"라고 나쓰미가 묻는다.

"어……."

남자가 놀란 얼굴로 나쓰미와 나를 번갈아 본다.
“어떻게 저를……?”
그 대사를 듣자마자, 나는 양손을 꽉 쥐고 기쁨을 표현하면서 일어섰다.
“기다리고 있었습니다. 오늘 만날 수 있지 않을까 했어요.”
“네? 무슨 뜻입니까?”
“말씀드릴 테니 잠시만 시간 좀 내주시겠어요?”
“흐음……. 알겠습니다.”
기미히데는 난처한 미소를 지었지만, 그 미소 또한 훌륭했다. 역시 지장 할아버지를 꼭 닮았다.

가게 앞은 어수선할 것 같아, 나는 기미히데를 강변으로 이끌었다. 느긋한 발걸음으로 숲 속 내리막길을 걸으며 나쓰미와 내가 먼저 가볍게 자기소개를 했다.
“제 아버지의 친구시라고요?”
“예. 친구랄까, 강에서 노는 방법을 가르쳐 주신 스승과 제자 사이라고 하는 게 더 가깝겠습니다.”
내가 그렇게 말했을 때 마침 강변에 도착했다.
“아름다운 강이군요. 여기서 아버지와 시간을 보내셨습니까?”
기미히데는 지장 할아버지를 꼭 닮은 온화한 미소를 입가에 담고 눈부신 듯 수면을 바라보았다.

"네. 여기서 매일 같이……."

"그렇구나. 나도 함께했으면 좋았을 텐데."

기미히데가 발밑에서 굵은 자갈을 하나 주워 건너편 기슭을 향해 던졌다. 돌이 완만한 포물선을 그리다가 벼랑에 부딪혀 첨벙 소리 내며 흐름 속으로 떨어진다. 던지는 자세가 범상치 않은 걸 보니 어쩌면 과거에 야구부 같은 데서 활동했는지도 모른다.

"아버지, 어떤 분이셨나요?"

기미히데가 두 번째 돌멩이를 주우며 물었다.

"다들 지장 할아버지라고 불렀지요. 누구에게든 사랑받는 분이셨어요."

나쓰미가 지난 일을 추억하는 듯 눈을 빛내며 대답했다.

"얼굴은 기미히데 씨랑 꼭 닮으셨어요."

내가 보충했다.

"아, 그렇군요. 그래서 아까 저를 보고 바로 아셨군요."

"네. 저희는 미야코 씨도 뵌 적이 있어서 더 잘 알 수 있었는지도 몰라요."

나쓰미의 말에 기미히데가 깜짝 놀란 표정으로 이쪽을 돌아보았다.

"혹시 바닷가 병원에서 만났다는……."

우리는 고개를 크게 끄덕였다.

"그렇구나……. 어머니한테 들었습니다."

그렇다면 말을 꺼내기 쉽다.

나는 당장 본론으로 들어갔다.

"사실은 기미히데 씨께 전해 드리고 싶은 게 있어요."라고 말하며 상복 주머니에서 낡은 사진 한 장을 꺼냈다. 끝이 너덜너덜하고 빛바랜 사진이다.

기미히데가 사진을 받아 들고 말끄러미 응시한다.

"이거, 저랑, 어머니네요……."

"네. 제가 보여 드리고 싶은 건 사진보다 그 뒷면입니다."

"뒷면?"

기미히데가 사진을 뒤집는다.

남색 만년필로 적힌 세 글자.

고마워

"지장 할아버지께서 기미히데 씨에게 보낸 메시지입니다."

"이걸 나에게요?"

"네."

나쓰미가 여기까지 말하고 그 뒤는 내가 이어받았다.

"지장 할아버지도 어머니랑 단둘이 살면서 외로운 나날을 보냈는데, 어머니인 야스 할머니가 매일매일 말씀해 주셨다고 합니다. 엄마 아들로 태어나 줘서 정말 고마워, 라고요. 그 한마디가 마음의 버팀대였다고 해요. 지장 할아버지께서는 아내와 아들이 행복해지길 바랐기 때문에 이혼한 것 자체는 후회하지 않지만, 딱 한 가지 미련이 남는 게 있다고 하셨습니다."

기미히데가 사진에서 얼굴을 들었다. 사람을 잘 따르는 강아지 같은 눈으로 우리를 묵묵히 응시한다.

이번에는 나쓰미가 입을 열었다.

"야스 할머니가 매일 들려주신 말을 기미히데 씨에게도 해 주고 싶었다고요. 태어나 줘서 정말 고마워. 그 말을 해 줄 수 없다는 게 너무 가슴 아파서, 이렇게 사진 뒷면에 적어 둔 거랍니다."

"거기 적힌 '고마워'는 태어나 줘서 고맙다는 뜻입니다."

말했다. 드디어 말했다.

지장 할아버지가 30년도 더 된 오랜 옛날부터 줄곧 아들에게 전하고 싶었던 마음을 지금 전달해 드렸다.

어깨에서 힘이 쑤욱 빠질 것 같아 "후우" 하고 살짝 숨을 내뱉었다.

"그랬나요? 아버지가 이걸……."

겨울 강바람이 불었다. 여름과 달리 숲 냄새가 나지 않는 바람이었다. 그 대신 부엽토 냄새가 났다.

흐르는 물소리는 지장 할아버지가 계시던 여름과 다르지 않았다. 그 소리를 지금 같은 장소에서 아들이 듣고 있다.

기미히데의 눈이 다시 지장 할아버지가 쓴 세 글자로 향했다.

"이 사진, 제가 가져도 될까요……?"

"물론이에요. 기미히데 씨에게 남기신 겁니다."

대답하는 내 가슴이 벅차올랐다.

한 장 따로 복사해 뒀으니 야스 할머니는 괜찮겠지…….

"사실은 저."

기미히데가 천천히 얼굴을 든다.

"다음 달에 아이가 태어납니다."

"아, 축하드려요."

"멋지다. 야스 할머니의 증손자네요."

나쓰미와 나는 괜스레 가슴이 두근거려 그만 웃고 말았다.

"태어나면 말해 주겠습니다. 내 아이에게, 태어나 줘서 고맙다고."

나쓰미도 나도 아무 말 할 수 없었다. 그저 "하아……." 하고 안도의 한숨만 내쉴 뿐이었다. 내 기분이 따뜻한 것으로 가득 채워졌다.

"단 세 글자뿐인데…… 굉장하군. 이렇게 기쁜 러브레터는 받아 본 적이 없어요."

기미히데는 하하핫, 하고 가볍게 웃으면서 스며 나온 눈물을 손가락 끝으로 슬쩍 닦았다.

그때 문득 중요한 생각이 떠올랐다.

"아, 참. 기미히데라는 이름에 무슨 뜻이 있는지 아시나요?"

"네, 그건 알고 있습니다. 민들레죠?"

"아, 역시, 알고 계셨군요."

"아버지가 민들레를 좋아하셨다고, 어머니한테 들었습니다."

기미히데는 말하면서 낡은 사진에 다시 시선을 떨구었다.

"아버지에 대해 전혀 모르는데도 길거리에 핀 민들레를 보면 이상하게 아버지 생각이 났어요."

나는 나쓰미를 보았다. 나쓰미도 나를 보고 있다.

"기미히데라는 이름……."

"……."

우리는 묵묵히 기미히데의 입을 응시했다.

"아버지가 남겨 준 유산이라 생각해요……."

그 말을 들은 내 입에서 또 한숨이 새어 나왔다.

커다란 무지개를 바라볼 때처럼 더할 나위 없이 상쾌한 기분이었다.

문득 나쓰미가 중얼거린다.

"정말 일어나는구나. 기적이라는 거."

장례식에 참석한 사람은 기껏해야 서른 명 정도였다.

인원수는 많지 않았지만 모두 진심으로 지장 할아버지의 죽음을 애도하고 야스 할머니를 위로했다.

특히 다쿠야와 히토미가 엉엉 울면서 지장 할아버지 관 위에 민들레꽃을 한 송이씩 올렸을 때에는 아무도 눈물을 참지 못했다.

야스 할머니는 처음엔 등을 쭉 펴고 다부지게 행동했지만 미야코와 기미히데에 이어 운게쓰가 눈물을 끝없이 흘리며 분향할 때에는 깊은 슬픔에 젖은 모습으로 애통해했다.

다음 날 가까스로 영결식을 마치고 참석해 준 사람들에 대한 답례까지 모든 장례 절차를 순조롭게 끝낼 수 있었던 것은 야스 할머니를 진심으로 위하는 가까운 이들의 존재와 손자 기미히데와의 재회에서 힘을 얻은 덕분이리라.

기미히데는 장례 절차가 마무리되기까지 줄곧 야스 할머니 옆에 붙어서 도란도란 이야기를 나눴다. 야스 할머니와 기미히데는 그동안 떨어져 지낸 시간이라는 틈을 가족 간의 정으로 차곡차곡 메워 갔다. 불과 이틀 만에 '손자와 할머니'라는 다정한 관계가 거의 회복된 듯 보였다.

사십구재와 납골식을 무사히 끝내고 부의에 대한 답례를 마무리한 후에야 야스 할머니의 표정에서 긴장의 막이 한 겹 벗겨졌다. 자식의 장례식에 상주를 서는 일이란 역시 육체적으로도 정신적으로도 아슬아슬한 줄타기였던 듯 그렇지 않아도 작은 야스 할머니가 한층 더 작아 보였다.

산골 마을은 1년 중에 가장 고요한 2월을 맞았다.

나쓰미와 나는 한가한 주말이면 늘 '다케야'의 별채에서 지냈다. 야스 할머니도 말은 안 했지만 우리가 오기를 은근히 기다리시는 것 같았다.

"나쓰미랑 싱고가 내 자식이라면 참 좋겠구먼……."

야스 할머니는 몇 번이나 그런 말씀을 하셨다.

지장 할아버지 장례식이 끝나고 사십구재까지 딱 중간 무렵의 어느 날, 개인적으로 한 가지 사건이 있었다.

수업을 마치고 집에 돌아오는 길에 보니 우편함에 오렌지색 봉투가 들어 있었다.

광고물인 줄 알고 아무 생각 없이 집어 든 그 봉투에 어느 유명 출판사 로고가 인쇄된 걸 본 순간, 내 심장이 두세 박자 빨리 뛰었다.

나쁜 짓을 한 것도 아닌데 주위를 힐끔힐끔 둘러보았다. 집에 들어가지도 않고 우편함 앞에 쭈그리고 앉아 오렌지색 봉투를 조급하게 뜯었다.

봉투 안에 세 겹으로 접힌 A4 사이즈 종이가 한 장 들어 있었다.

그 종이를 빼내어 펼친다.

가슴속이 한순간에 '진공상태'가 되었다.

그 '진공'이었던 공간에 서서히 환희가 차오른다. 무의식적으로 "꺄오!" 하고 소리치면서 혼자 주먹을 불끈 쥐었다.

가방에서 휴대전화를 꺼내어 단축 버튼 '1'을 눌렀다.

세 번째 벨이 울릴 때 나쓰미가 받았다.

"싱고짱, 헬로. 이 시간에 웬일이야?"

춤이라도 추고 싶은 내 마음과는 너무나 온도차가 큰 나쓰미의 태평스러운 목소리. 그 목소리를 들으니 왠지 장난치고 싶어졌다. 일단 흥분을 가라앉히기 위해 심호흡을 한번 하고, "아아……. 나쓰미……." 하고 일부러 침울한 목소리를 냈다.

"어……? 왜? 왜 그래? 싱고짱, 무슨 일 있었어?"

"응……. 좀, 말도 안 되는, 일이."

"말도 안 되는, 일……?"

수화기 저편에서 숨을 삼키는 게 느껴졌다.

"나, 정말, 믿을 수가 없어……."

"자, 잠깐, 싱고짱? 괜찮아?"

"……."

"지금 그쪽으로 갈까?"

"으응. 미안한데, 와 줄 수 있어……? 오늘은 좀……, 혼자 있기 힘들 것 같아서."

웃음이 터져 나올 것만 같았다.

"아, 알겠어. 바로 갈게. 오토바이 타고 달려갈 테니 조금만 기다려."

"응. 올 때……."

"어, 응, 뭐?"

"샴페인이랑 안주, 좀 사 올래?"

"어……?"

"샴페인. 좋은 거 아니라도 괜찮아."

"어?"

"싸구려라도 좋으니까."

"어? 뭐야? 음…… 싱고짱, 지금 웃고 있어?"

더 이상 참을 수 없어서 결국 웃음을 터뜨리고 말았다.

"뭐야. 뭔데 그래? 우울하다는 거 거짓말이야?"

"아하하하. 우울하단 말은 안 했거든. 믿을 수 없는 일이 일어났다는 건 정말이야. 이런 기분으로 혼자 있을 수는 없잖아? 나쓰미랑 샴페인으로 건배라도 하지 않으면, 나 지금 당장 긴자 거리로 뛰쳐나가 벌거벗고 춤이라도 출 것 같아."

눈치 빠른 나쓰미가 이때 "앗!" 하고 놀랐다.

"싱고짱, 혹시……."

"혹시, 뭐?"

"월간 〈사진 세계〉의……."

"〈사진 세계〉의, 뭐?"

"콘테스트에……. 입선했다든지?"

"땡."

"어, 아, 미안……. 아니구나."

"입선이 아니라."

"응?"

"입선이 아니라, 뭐게?"

"어……. 낙선?"

"바보!"

"어, 뭐야."

"놀랄 준비해. 최우수상 받았다!"

수화기 저편에서 꺄아, 하는 환호성이 들렸다.

"정말이야? 대단하다! 지금 당장 갈게. 샴페인은 만나서 같이 사러 가자."

"응, 알겠어. 기다리고 있을게. 조심해서 와."

"네에!"

나는 전화를 끊고 겨울 도쿄의 희읍스름한 하늘을 올려다보았다.

감격의 한숨이 새어 나온다.

월간 〈사진 세계〉는 업계에서도 가장 명성 있는 잡지 중 하나이다. 그 콘테스트에서 최우수상을 설마 내가 받을 줄은…….

나는 저 멀리 '다케야'로 마음을 보냈다. 혹시 천국에 계신 지장 할아버지가 도와주신 게 아닌지, 반은 진심으로 생각하기 시작했다.

내가 〈사진 세계〉 콘테스트에 투고한 작품은 그해 여름에 찍어 둔 사진 중에서 넉 장을 골라 편집한 것이었다.

각각 논두렁길을 달리는 다쿠야와 히토미의 뒷모습을 멀리서 찍은 사진, 초롱꽃을 든 나쓰미의 옆얼굴, 제물낚시를 던지는 역광 속의 운게쓰, 그리고 지장 할아버지와 야스 할머니가 손을 잡고 걷는 해질녘의 실루엣을 찍은 사진이었다.

작품 제목은 '여름 바람의 냄새'로 했다.

월간 〈사진 세계〉 편집부에서 보낸 소식에 의하면, 2월호에 내 사진이 크게 게재될 예정이고 상금도 10만 엔이 입금된다고 한다.

가슴이 설렌다.

당장 '다케야'로 달려가 불단에 잡지를 올리고 지장 할아버지께 감사하고 싶었다. 하지만 그 사진이 실린 잡지를 보여 드릴 수 있을 때까지 야스 할머니에겐 비밀로 하기로 했다. 깜짝 소식일수록 더 기쁜 법이니까.

밸런타인데이를 앞둔 금요일.

약 한 달간 애타게 기다리던 〈사진 세계〉가 우편함에 떡하니 들어 있었다. 나는 그걸 들고 허둥지둥 집으로 뛰어 들어가 고타쓰 앞에 단정히 앉아서 조심스레 봉투를 열고 떨리는 손가락으로 페이지를 넘겼다.

작품은 양 페이지에 권두 특집으로 커다랗게 실려 있었다. 게다가 세계적으로 저명한 풍경 사진작가이자 평소에 흠모해 왔던 다케우치 요시노부 선생이 심사 위원장이었다. 그가 쓴 심사평이 또 나를 날아오르게 했다.

이 작품을 최우수상으로 선택한 데에는 한 점의 망설임도 없었다. 작가의 촬영 기술도 의심할 여지가 없이 뛰어났으나, 그보다 사진 한 장 한 장에 보이지 않는 '소리'와 '냄새'까지 찍혔다는 점은 말이 필요 없을 정도로 훌륭하다. 단순한 이차원의 영상이 삼차원 이상의 정보를 들려준다. 이 작가는 촬영 포인트나 피사체가 된 사람들을 깊이 사랑하는 마음으로 파인더를 통해 바라봤을 게 틀림없다. 마음에서 흘러넘치는 신선한 감동을 사진이라는 이차원 영상에 담는 데에 성공한 수작이다. 아마추어의 수준을 훌쩍 뛰어넘은 이 작가의 미래에 기대를 걸고 싶다.

나쓰미가 올 때까지 몇 번이나 몇 번이나 되풀이해 읽으며 혼자 히쭉히쭉 웃었다.

2월 중순에 오토바이로 장거리를 달리면 몸이 얼어붙기도 하고 갑자기 눈이 내릴지도 몰라서 우리는 왜건R을 타고 '다케야'로 향했다.

차 안에서 나쓰미는 〈사진 세계〉를 몇 번이나 펼쳐 보고 "정말 잘됐다."라든가 "나는 이렇게 될 줄 알았어."라든가 "처음부터 재능이 있었던 거야."라든가 "야스 할머니랑 지장 할아버지가 얼마나 기뻐하실까?"라며 낯간지러운 대사를 연발했다.

핸들을 잡은 나는 자꾸만 느슨해지는 볼 근육을 단단히 붙잡아 두느라 애먹었다.

'다케야'에 도착한 것은 한겨울 태양이 서쪽 산 너머로 막 넘어가려는 순간이었다.

늘 주차하던 공터에 차를 세우고 가게 안으로 들어가니, 역시 오늘도 계산대엔 아무도 지키는 사람이 없고 야스 할머니는 거실 고타쓰에 홀로 앉아 멍하니 TV를 보고 있었다.

"야스 할머니, 안녕하세요."

우리는 계산대 뒤쪽 마룻귀틀에서 신발을 벗고 거실로 올라갔다.

"어머나, 벌써 도착했냐. 오늘은 일찍 왔네."

우리 얼굴을 보자마자 야스 할머니 표정이 확 밝아진다.

"빨리 온 데에는 이유가 있어요. 야스 할머니, 이것 좀 보세요."

나쓰미가 "짠!" 하면서 〈사진 세계〉를 고타쓰 위에 펼쳤다.

"응? 이거 잡지 아니냐? 어디 보자…… 어여차."

야스 할머니가 고타쓰 위로 몸을 내밀고 잡지를 들여다본다.

"어, 어머나. 이게 무슨 일이냐……."

야스 할머니가 작은 눈을 둥그렇게 뜨고 나를 올려다본다.

"싱고야, 훌륭하구나. 할미는 너무 깜짝 놀라서 심장이 멎는 줄 알았다."

나는 괜히 쑥스러워 "에헤헤." 하고 웃고 말았다. 다시금 단정히 무릎 꿇고 야스 할머니를 똑바로 보며 말을 잇는다.

"제가 상을 받을 수 있었던 건 이 집 별채에 살게 해 주신 야스 할머니와 지장 할아버지 덕분입니다. 정말 감사드립니다."

나는 그렇게 말하고 머리를 꾸벅 숙였다.

"아니야. 싱고 군은 원래 사진을 잘 찍었어."

"싱고짱, 지장 할아버지께도 보고해야지."

"응. 야스 할머니, 지금 분향을 해도 될까요?"

"그래, 게조도 기뻐할 거야……."

셋이 나란히 불단에 향을 피운 다음 잡지를 올리고 양손을 모았다.

지장 할아버지 덕분에 저의 미래가 조금 열린 듯합니다. 정말로 감사드립니다.

마음속으로 진심을 다해 인사를 올렸다.

불단 옆에 놓인 영정 사진은 여전히 아이처럼 순수한 미소를 지으며 나를 바라보았다.

그날 저녁에는 나쓰미와 내가 카레를 만들기로 했다. 재료는 오면서 사 왔다.

"야스 할머니, 가끔은 고타쓰에 들어가 TV라도 보시면서 느긋하게 쉬고 계세요."

부엌에 서려고 하는 야스 할머니를 나쓰미가 거실로 모시려 했지만, 야스 할머니가 절대 칼을 놓지 않아서 결국 셋이 같이 만들게 되었다.

혼자서 밥이 차려지기를 기다리는 것보다 셋이서 수다 떨면서 함께 요리하는 편이 즐거우신 거다.

재료를 꺼내려고 아무 생각 없이 냉장고를 열었을 때, 내 기분이 조금 우울해지고 말았다. 냉장고 안이 텅 비어 있었기 때문이다.

지장 할아버지가 안 계시니 부엌에 서는 게 귀찮아진 것이리라. 요리는 누가 먹어 줄 때 열심히 만들 수 있는 것이다. 혼자라면 아무래도 적당히 때우고 싶어진다. 나도 혼자 살기에 그 기분 누구보다도 잘 안다.

요즘 야스 할머니가 눈에 띄게 수척해진 이유는 정신적으로 힘들어서이기도 하지만 현실적으로 음식을 잘 안 드시기 때문이었다. 앞으로는 카레처럼 오래 보관할 수 있는 음식을 많이 만들어서 냉장고에 남기고 가는 게 좋을 것 같다. 감자를 깎으면서 나는 그런 생각을 했다.

한편, 두 여인은 마을 사람들의 근황에 대해 묻고 답하며 즐겁게 수다를 떨었다.

"운게쓰 씨는 사십구재가 지나고 나서도 매일 같이 분향하러 온단다."

"그분, 역시 좋은 사람이었어요."

"그래. 게조가 죽은 걸 이 마을에서 가장 슬퍼해 주는 사람이야."

"운게쓰 씨가 처음 이사 왔을 때 지장 할아버지가 많이 도와주셨다고요? 장례식 날 운게쓰 씨한테 들었어요."

"정말 사람 사귈 줄을 몰라서 게조도 그냥 내버려 둘 수 없었단다."

"그렇게 귀여운 분이니 지장 할아버지도 못 본 척하기 힘들었겠네요."

"그러게 말이다."

야스 할머니까지 그 운게쓰 씨를 귀엽다고 생각하는 건가? 나는 잠자코 감자 껍질을 벗기면서 모성 본능이라는 단어의 의미에 대해 생각했다.

"참, 기미히데 씨랑은 그 후에 어떻게 됐어요?"

순간, 야스 할머니 눈에 고요한 빛이 깃들었다.

"참 착한 아이야. 사십구재 후에도 할머니 잘 계시냐고 가끔 전화를 한단다……."

"그렇구나……. 정말 잘됐어요."

"그러게 말이다."

야스 할머니가 당근을 썰던 손을 멈추고 깊은 한숨을 쉬었다. 얼굴은 웃고 계셨으니 틀림없이 행복한 한숨일 것이다.

"몸이 아픈 아들을 마지막까지 지켜 주고, 또 이 나이가 되어 손자를 만나다니……. 할미는 이제 여한이 없단다. 이것도 다 싱고랑 나쓰미가 우리 집에 와 준 덕분이야. 정말 고마워……."

나는 나쓰미와 마주 보았다.

"야스 할머니, 그런 말씀은 하지 마세요."

"감사 인사는 할 수 있을 때 해 둬야 혀."

"그게 아니라, 여한이 없다든가, 그런 말은 하지 마요. 슬퍼지잖아요……."

나도 감자 깎던 손을 멈추고 나쓰미 옆에서 고개를 끄덕였다.

그러자 야스 할머니가 아무렇지 않다는 듯 웃음을 터뜨리는 것이었다.

"그런 걱정은 하지 말거라. 아직 할미는 죽을 생각이 없으니까. 여한이 없다는 건 할미가 지금 행복하다는 뜻이란다."

"그렇다면 다행이지만."

"기미히데가 조만간 놀러 온다는구나. 이 집에서 자고 가겠대……. 그런 좋은 일이 기다리는데 어떻게 죽겠냐?"

"아앗, 그래요?"

"응, 참 착하게 자랐어."

"잘됐어요, 정말."

야스 할머니가 "응." 하고 소녀처럼 웃는다.

부엌의 공기가 밝아지자 멈췄던 세 사람의 손이 다시 움직이기 시작했다.

'다케야'의 낡은 부엌이 맛있는 카레 냄새와 평소의 유쾌한 분위기로 서서히 채워졌다.

나쓰미의 지도하에 초콜릿과 인스턴트커피를 녹인 카레가 완성되었다.

조심스레 맛을 본다.

"오오. 맛있다, 이거."

"그렇지?"

의외로 감칠맛이 있어서 어른 입맛에는 딱 맞는 카레였다.

셋이서 고타쓰에 들어가 덥석덥석 카레를 먹었다.

먹으면서 화제에 오른 이는 다쿠야와 히토미였다. 그 두 아이는 아직 어려서 지장 할아버지의 죽은 모습을 본 것이나 화장터에서 유골을 주웠던 일이 꽤 충격적으로 다가왔던 모양이다. 하지만 역시 아이라 회복도 빨라서 요즘은 아무 일도 없었다는 듯 씩씩하게 뛰어놀고 '다케야'에도 예전처럼 밝은 얼굴로 물건을 사러 온다고 한다.

"그렇긴 해도 매일 아침 버스에 타는 모습이 좀 쓸쓸해 보여……."

매일 아침 등교할 때마다 버스 유리창을 열고 지장 할아버지께 "다녀오겠습니다!"라고 인사하는 습관을 잊어야 하는 것이다.

"게조가 죽은 후로는 버스에 타면 멍하니 창밖만 보고 있단다.

쓸쓸한 얼굴로 아무 말 없이……. 운게쓰 씨도 마음이 아프다면서 어떻게든 해 주고 싶다고 하더라."

"그렇구나……. 지켜봐 주는 사람이 있다가 없으면 참 허전할 거예요. 아이들은 어른이 눈치 못 챌 정도로 작은 것에서 상처 입곤 하거든요."

나쓰미가 유치원 교사다운 말을 한 순간.

내 머리에 반짝 빛나는 유성 하나가 떨어졌다.

"아, 그렇지."

무심코 목소리가 나와 버렸다.

"응? 싱고짱, 뭐가?"

"아, 아니, 아무것도 아니야. 학교 수업 때문에 무슨 생각이 나서……."

나는 적당히 얼버무렸다. 지금은 이 아이디어를 아직 입 밖에 내지 않는 게 좋다. 실현될지 안 될지 알 수 없기에.

모든 것은…….

그렇다, 모든 건 그 남자에게 달려 있다.

다음 주. 나쓰미는 유치원 졸업식 준비로 눈코 뜰 새 없이 바빠서 아무래도 '다케야'에 갈 수 없었다.

나는 그 아이디어가 실현될 수 있도록 꾸준히 사전 준비를 하고 있었다.

우선 나가노에서 양조장을 하는 부모님께 전화를 걸어 제일 좋은 술을 보내 달라고 했다. 〈사진 세계〉 최우수상 수상 보고를 하고 축하 선물로 달라고 졸라서 가까스로 됫병을 얻어 내는 데 성공했다.

그 술은 한 모금 마시면 입 안에 꽃이 피었나 싶을 정도로 그윽한 향기가 나고 혀끝에 닿는 느낌도 더할 나위 없이 부드럽다. 매년 탱크 하나 분량만 만들기 때문에 가격도 비싼데, 그 희소가치로 인해 경매 사이트에서는 수만 엔에 거래될 정도다. 양조장 아들인 나도 그리 쉽게 맛볼 수 없는 환상의 술이다.

어렵게 그 술을 구하고는 이번엔 지장 할아버지가 돌아가셨을 때 병원 영안실에서 촬영한 얼굴 사진을 프린터로 인쇄했다. 색상을 조정하면서 몇 번이나 인쇄해 보고 그중 가장 '생생한 얼굴'을 한 장 선택했다.

이렇게 좋은 술과 좋은 사진을 확보한 나는 홀로 왜건R을 타고 그리운 산골 마을을 향해 액셀을 밟았다.

‘다케야’에 도착했을 때는 이미 섬약한 겨울 태양이 서쪽 하늘로 기울기 시작할 무렵이었다. 한겨울의 하늘은 무척 맑았지만 공기는 꽁꽁 얼어 있었다.

나는 밸런타인데이에 나쓰미한테 선물 받은 남색 머플러를 목에 감고 차에서 내렸다.

곧장 ‘다케야’로 들어가 계산대 뒤에서 거실 쪽을 들여다보니 야스 할머니는 오늘도 고타쓰에 앉아 멍하니 TV를 보고 계셨다. 줄곧 혼자 지내셔서 그런지 옆얼굴에서 느껴지는 표정이 무척 쓸쓸했다. TV 화면으로 시선은 주고 있지만 생각은 딴 데 가 있는 듯한 얼굴이었다.

“안녕하세요.”

나는 계산대 뒤에 서서 들어가지 않고 인사만 했다.

야스 할머니가 깜짝 놀라 이쪽을 본다.

“아, 싱고 군 아니냐? 어서 와.”

야스 할머니의 얼굴에 감정의 빛이 떠올랐다. 시들었던 꽃이 물을 흡수하여 되살아나듯 활짝 피어나는 모습이었다.

“어찌된 일이냐? 얼른 올라오너라. 차 끓여 올 테니.”

“네. 그런데 오늘은 잠시 들를 데가 있어요.”

“들를 데?”

“운게쓰 씨 좀 만나고 올게요.”

야스 할머니는 조금 의아한 듯 고개를 갸우뚱했다.

“운게쓰 씨는 어쩐 일로?”

“잠시 할 이야기가 있어서요. 할머니, 거기까지 가는 길 좀 가르쳐 주실래요?”

“할미도 운게쓰 씨 집에는 한 번도 가 본 적이 없어서 잘은 모르겠지만, 일단 게조한테 들은 대로 가르쳐 주마.”

“감사합니다.”

이렇게 ‘운게쓰암’까지 가는 길을 알아냈다. 여름 한철을 지냈던 마을이라 대충 설명만 들어도 충분히 알 것 같았다.

“그럼, 잠시 다녀오겠습니다.”

야스 할머니께 손을 흔들고 가게를 나섰다.

우선 ‘다케야’에서 봤을 때 강이랑 반대 방향의 산 쪽 오솔길을 천천히 걷는다. 정말로 천천히 걸었는데 작은 마을의 집들이 금세 시야에서 사라졌다. 그 대신 원숭이와 멧돼지가 자주 출몰한다는 계단식 밭이 나왔다. 그 밭 사이를 빠져나와 왼쪽으로 꺾으면 길 좌우로 황량한 겨울 숲이 펼쳐진다. 여기서부터는 쭉 외길이다.

잎은 떨어지고 가지만 남은 활엽수 숲을 올려다보며 걷는데 새들이 작은 가지로 둥지를 만들어 놓은 흔적이 여기저기 눈에 띄었다. 잎이 무성한 계절에는 보이지 않을 듯한 높은 곳에 있었다.

이 세상은 눈에 보이는 것만이 전부가 아니구나.

나도 나쓰미처럼 철학적인 생각에 빠졌다.

왼편의 커브 길에 접어들었을 때 꼬리가 탐스러운 다람쥐와 눈이 마주쳤다. 마침 내 시선과 같은 높이의 가지에 앉아 있었다. 나는 잠시 발을 멈추고 다람쥐의 되록되록 까맣게 빛나는 눈을 응시했다. 카메라와 망원렌즈를 가져올 걸 그랬다고 후회한 순간, 다람쥐는 몸을 휙 돌려 가지에서 가지로 옮겨 가며 더 깊은 숲 속으로 사라졌다.

그 후로는 오솔길이 똑바로 나 있어서 길 끝까지 한눈에 보였다. 간소한 목조 단층집인 운게쓰암이 그 길 끝에 있다. 오래된 민가였다.

뜰 입구에 문기둥 대신 통나무가 두 개 세워져 있었다. 초인종도 없고 문짝도 없다. 집터가 숲으로 빙 둘러싸였으니 담도 필요 없으리라. 사람도 동물도 마음대로 드나들 수 있는 퍽이나 개방적인 집이었다.

나는 문기둥을 넘어 낙엽이 쌓인 뜰 안으로 발을 들였다. 낡은 현관 앞에 선다. 문패 대신 '운게쓰암'이라고 붓글씨로 쓴 원목판이 현관 격자문 위에 걸려 있었다.

나는 그 격자문을 조금만 열고 안을 향해 목소리를 크게 냈다.

"실례합니다. 운게쓰 씨, 계십니까?"

대답을 기다리며 귀를 기울이는데 갑자기 내 발밑으로 검은 물체가 지나갔다.

"으앗."

깜짝 놀란 나는 무의식중에 껑충 뛰어올랐다.

격자문 틈으로 몸을 쓰윽 미끄러뜨려 집 안으로 들어간 그 검은 물체는 고양이였다.

고양이가 문득 발을 멈추고 나를 돌아보더니 여유작작한 얼굴로 "야옹" 하고 한 번 울고는 발소리도 내지 않고 재빨리 집 안쪽으로 사라져 버렸다.

예전에 운게쓰가 '다케야'에서 마른 멸치를 대량으로 사 간 적이 있는데, 분명 이 고양이를 위한 것이리라.

"실례합니다."

나는 다시 한 번 크게 불러 보았다.

그러자…….

"왜 이렇게 소리를 지르나."

갑자기 등 뒤에서 목소리가 들려 나는 또 껑충 뛰어오를 뻔했다.

"으아앗."

심장이 마구 뛰는 걸 느끼며 뒤돌아보니 운게쓰가 서 있었다. 늘 입는 승복 위에 검정색 다운재킷을 걸치고 손에는 쇼핑백 두 개가 들려 있다. 외출했다가 지금 막 돌아온 모양이었다.

"놀랄 일도 많군. 무슨 일이야."

"아, 아, 저기……."

나는 심박이 정상으로 돌아오기를 기다렸다가 입을 열었다.

"사실은, 좀, 부탁이 있어서요."

"부탁?"

운게쓰가 의심스러운 눈으로 내 발끝에서 머리끝까지 구석구석

훑어본다.

"운게쓰 씨가 아니면 들어줄 수 없는 부탁입니다."

"……."

"잠시만이라도 제 이야기를 들어 주셨으면 좋겠다 싶어서요……."

쓸쓸한 겨울 숲에서 흙냄새를 품은 차가운 바람이 불어온다.

"춥군."

"예? 예, 춥네요."

"자네가 거기 있으니 집에 들어갈 수가 없잖아."

"예? 아, 죄송합니다."

현관 옆으로 비켜섰다.

운게쓰가 내 옆을 지나 격자문을 열고 현관 안으로 들어간다. 신을 벗고 아까 고양이가 돌아본 지점에서 운게쓰도 똑같이 돌아본다.

"빨리 문 닫아."

"어……."

나도 들어가서 문을 닫아야 할지, 아니면 문 앞에서 쫓겨난 것인지, 어느 쪽인지 알 수 없어서 그 자리에 우두커니 서고 말았다.

"뭐 하고 있나? 할 말 있다며?"

"아, 예."

운게쓰의 말에 나도 현관으로 들어가서 문을 꼭 닫았다. "실례하겠습니다." 하면서 신을 벗고, 벗은 신발을 가지런히 놓은 다음 곧 뒤를 따랐다.

집 동쪽으로 이어지는 복도를 걷다가 막다른 곳에서 왼쪽으로 꺾어 들어가니 그 끝에 판자로 마감된 널찍한 공간이 나왔다. 얼핏 봐도 열다섯 평은 넘는 방이었다.

"들어와."

"예."

생각한 대로 여기는 운게쓰의 공방이었다.

공방 안은 깎아 낸 나무가 발하는 향긋한 냄새로 가득했다. 제일 처음 내 눈으로 뛰어든 것은 높이 2미터가 족히 넘는 거대한 나무 불상이었다.

"이, 이건……."

"인왕상인데 미완성이야."

운게쓰는 장작 스토브에 불을 지피면서 천연덕스럽게 말했지만 내 눈에는 미완성이라는 게 믿기지 않을 만큼 현실감이 있었다. 이미 온몸에서 무시무시한 아우라를 발했다.

인왕상이 내 머리 바로 위에서 매섭게 노려보니 뭐라 표현하기 힘든 중압감에 짓눌려 나는 그저 침만 꿀꺽 삼켰다.

울퉁불퉁한 근육의 힘찬 약동감. 감정이 노골적으로 드러난 표정. 모든 걸 꿰뚫어 볼 것 같은 눈빛. 운게쓰가 조각한 불상은 '살아 있다'는 말을 듣는다더니, 이런 느낌을 두고 하는 말이었던가? 손톱이 자라는 모양도, 손금의 가는 주름도, 쇄골의 각도도, 치열도,

눈썹 한 가닥 한 가닥도……, 믿을 수 없을 만큼 세세하고 정교하게 조각된 불상이었다.

"거기 방석 있어. 편할 대로 앉아. 커피 마시려나?"

"아, 예. 감사합니다."

운게쓰가 빠른 걸음으로 공방에서 나갔다.

혼자 남으니 주위가 적막감으로 가득 찼다. 희미하게나마 들리는 건 장작 스토브 안에서 나뭇가지가 탁탁 튀는 소리뿐이었다.

나는 인왕상의 왼쪽 뒤에 있는 방석을 들고 와서, 인왕상과 눈이 마주치지 않을 만한 곳을 주의 깊게 선택하여 자리를 잡고 앉았다. 힐끔힐끔 주위를 둘러보며 관찰한다. 알루미늄 사다리나 목각에 이용하는 조각도 같은 도구류 외에는 별다른 게 없는 방이었다.

"신기하나?"

운게쓰가 돌아왔다. 양손으로 든 작은 쟁반에 옹기 커피 잔이 두 개 놓여 있다.

"예. 이런 공방은 처음이라서요."

운게쓰는 양손으로 쟁반을 든 채 방석을 발로 차면서 내 앞으로 왔다. 그 위에 책상다리로 앉고는, 둘 사이에 쟁반을 놓고 "인스턴트야."라며 컵 하나를 나에게 내밀었다.

"감사합니다."

커피에 입을 댄다. 블랙은 잘 못 먹는데, 라고 생각하는데, 운게쓰도 한 모금 마시고 중얼거린다.

"역시 맛없어, 인스턴트 블랙은."

"어……."

"밀크가 떨어졌어."

이 사람, 평소에는 밀크를 넣어 마시는구나, 라고 생각하니 괜스레 친근감이 들었다.

"자네가 두 번째야."

"뭐가요?"

"여기 온 인간."

"첫 번째는……."

답은 알고 있다.

"지장 할아버지, 죠?"

"응."

운게쓰는 마시던 커피 잔을 바닥에 놓고 높은 위치에 있는 창으로 시선을 주었다. 창밖에는 해질녘에 접어든 한적한 숲이 있었다. 자몽 과육 같은 어중간한 색깔의 하늘과 잎이 다 떨어진 나뭇가지가 유리 너머로 보인다.

운게쓰의 옆얼굴이 왠지 이전보다 조금 늙어 보였다. 처음 만났을 때 발했던 그 무시무시하게 번쩍이던 아우라도 약해진 느낌이다. 지장 할아버지가 돌아가신 후로 운게쓰도 야스 할머니처럼 외로운 걸까?

그렇다면, 더더욱…….

나는 운게쓰의 옆얼굴을 바라보며 말을 걸었다.

"저기, 아까도 말씀드렸지만 부탁이 있습니다."

운게쓰가 창에서 시선을 돌려 나를 응시한다. 무표정인 얼굴로 잠자코 있다.

"아, 참. 그 전에 이거……."

나는 들고 온 종이봉투 안에서 옅은 청색 술병을 꺼내어 운게쓰 앞으로 내밀었다. 닥종이 스티커에 '준마이다이긴조 고코로 코로 코로'라고 부드러운 필치의 붓글씨로 적혀 있다.

운게쓰는 술병에 손을 대지 않고 그저 바라만 보았다.

"저희 부모님이 만든 술입니다. 괜찮으시다면……."

"부모님이 양조장을 하시나?"

"예."

"이어받아야지, 가업을."

"저보다 훨씬 착실한 형이 있어서."

운게쓰가 흐흥 하고 코로 웃었다. 비웃음이라기보다 오히려 살짝 유쾌한 느낌의 웃음이었다.

"둘째는 마음 편하지."

그러고 보니 운게쓰도 둘째라고 했던 것 같다. 이바라키 현에 있는 어느 사찰 주지의 아들인데 가업은 형이 이어받았다고 했다. 이 사람도 나랑 처지가 비슷한 모양이다.

"부탁이란 게 뭐야?"

드디어 본론에 들어갈 차례다.

나는 종이봉투 안에서 인쇄한 사진을 꺼내어 운게쓰 앞에 가만히 놓았다. 영안실에서 찍은 지장 할아버지의 얼굴 사진이다.

운게쓰도 이 사진에는 조금 놀랐는지 매서운 눈으로 나를 노려본다.

"뭐하자는 건가."

나는 조금 크게 숨을 들이마셨다. 그리고 말했다.

"지장보살님을 만들어 주셨으면 합니다."

"뭐?"

운게쓰가 미간에 깊은 주름을 잡았다.

나도 긴장하여 한순간 숨을 멈추었다.

검은 고양이가 언제 공방에 들어왔는지 책상다리로 앉은 운게쓰의 다리 사이로 훌쩍 들어가 몸을 웅크린다. 기다란 꼬리를 운게쓰의 허벅지 위에 올리고 박자라도 맞추듯 꼬리 끝을 살랑살랑 흔든다.

운게쓰가 고양이 털을 쓰다듬으며 입을 열었다.

"나한테 이 사진을 보고 지장이랑 똑같이 조각해 달라는 건가? 아니면 지장보살상을 만들어 달라는 건가. 어느 쪽이야?"

"지장 할아버지를 닮은 지장보살상을 조각해 주셨으면 합니다."

운게쓰의 눈썹 사이 주름이 더욱 깊어졌다.

"만들려는 이유는?"

"다케야 앞 버스 정류장에 세워 두고 싶습니다."

운게쓰가 고양이를 어루만지던 손을 멈추고 나를 가만히 응시한다.

나 역시 온몸에 힘을 주고 그의 시선을 온전히 받아들였다.

피하고 싶지 않았다.

시선을 먼저 돌린 건 운게쓰였다. 운게쓰가 커피를 마시며 말했다.

"자네, 불사한테 불상을 조각해 달라는 게 무슨 뜻인지 알고는 있나?"

"예."

그런 것쯤은 알고 있다.

"나는 프로야."

그래서 뭐?

"프로한테 일을 의뢰하려면 돈이 있어야 한다는 것쯤은 알고 있겠지?"

"……."

"있나, 돈은?"

나는 종이봉투에서 은행 로고가 찍힌 작은 봉투를 꺼냈다. 그걸 조심스레 운게쓰 앞으로 내밀었다. 그때 내 손이 떨렸다는 게 스스로도 한심했다.

"자네가 번 돈인가?"

"예. 사진 콘테스트에서 받은 상금입니다."

이 말에 운게쓰가 왼쪽 눈썹을 올리고 뜻밖이라는 듯한 표정으로 나를 쳐다보았다.

"작년 여름에 이 마을에서 찍었던 사진으로 상을 받았습니다. 다케야에 조금이라도 보답하고 싶습니다."

"상금은 얼만가?"

"10만 엔입니다."

운게쓰가 크크크 하고 터져 나오는 웃음을 참는 듯한 시늉을 했다.

"어이, 어쩔까? 야차. 이 녀석 진짜 바보네."

운게쓰는 괜히 자기 다리 사이에서 몸을 둥글게 말고 있는 고양이에게 말을 걸었다. 고양이는 눈을 감은 채 꼬리를 살랑살랑 움직이는 것으로 대답을 대신했다.

"나한테 불상을 의뢰하려면 그 돈에 영이 하나, 아니 두 개가 더 붙어야 돼."

"아……."

"지장보살상이라면, 나는 일목조로만 만들어. 그만큼 요금도 비싸지."

일목조. 예전에 지장 할아버지한테 들은 적이 있다. 통나무 하나로 불상 하나를 만드는 지극히 비효율적인 방법이다.

"어떻게 할 건가. 돈이 부족해."

운게쓰가 싱긋 웃는다. 나를 시험하고 있다.

야스 할머니의 얼굴, 지장 할아버지 얼굴, 다쿠야와 히토미 얼굴, 그리고 나쓰미의 얼굴이 차례로 뇌리를 스쳤다.

"부족한 돈은……, 성공하면 갚겠습니다."

운게쓰가 풋 하고 웃음을 터뜨렸다. 우스워서 못 참겠다는 듯한 태도다.

나는 분한 마음에 나도 모르는 사이 운게쓰를 노려보고 있었다.

운게쓰는 한바탕 웃고 나더니 갑자기 표정을 굳혔다. 자신을 노려보는 내 얼굴을 똑같이 노려본다.

위협적인 표정이었다. 왜 그런지 인왕상의 얼굴과 겹쳐 보였다.

"정말 성공할 수 있겠나?"

"예?"

"성공, 할 수 있겠냐고."

"……."

대못으로 꿰뚫는 것 같은 눈빛이었다.

무심코 침을 꿀꺽 삼켰다.

나는 과연 성공할 수 있을까?

잡지 아마추어 부문에서 고작 한 번 수상했을 뿐인 내가 과연 인정받는 사진작가가 될 수 있을까?

나 자신을 돌아보고 또 미래를 생각해 보았다.

"아직 모르겠습니다. 내 재능이 어디까지인지……."

솔직하게 대답했다.

"그게 아니라, 내가 묻고 싶은 건 성공할 때까지 죽어도 포기하지 않을 각오가 되어 있냐는 거야."

"……."

운게쓰가 팔짱을 끼고 말을 잇는다.
"재능이란 건, 각오랑 같은 뜻이기도 해."
"……."
"아무리 재주가 뛰어난 인간이라도 뭔가를 이루기 전에 포기하면 그 인간에겐 재능이 없었던 게 되지. 굳게 마음먹고 목숨이라도 걸 각오로 꿈을 이룰 때까지 필사적으로 노력하는 녀석만 나중에 천재 소리 듣게 돼."
운게쓰가 씨익 웃는다.
"그럴 각오는 되어 있나?"
검은 고양이가 갑자기 눈을 뜨고 나를 정면으로 바라본다. 운게쓰와 야차, 이 둘이 내 인생에 대해 묻고 있는 것 같았다.
스토브 안에서 장작이 따각, 하고 무너지는 소리가 났다.
내 머릿속에서는 그 풍경이 딸랑, 하고 울었다.
"예. 각오는, 되어 있습니다."
배에 꾹 힘을 주고 그렇게 말했다.
"정말인가?"
"예."
"그렇다면, 돈 문제는 해결됐다."
"어……."
나는 어리둥절한 얼굴로 운게쓰를 보았다.
"뭐야, 그 얼굴은."

"아, 아뇨. 감사합니다."

"바보 같은 녀석. 인사하긴 아직 일러."

"그래도……."

"아직 큰 문제가 남았어."

"큰 문제, 요……?"

"내가 조각할 것은 목상이야. 지장을 만드는 것이니 최고급 노송나무를 쓰긴 할 텐데, 그래도 비를 맞으면 썩어 버려. 무슨 말인지 알겠나?"

"네."

"지장보살을 비와 바람으로부터 지켜 줄 사당이 필요해."

"사당……."

"신불을 모시는 오두막 같은 거."

"흠……."

"자네가 만들어."

"네?"

"자네가 사당을 만들라는 뜻이야."

운게쓰가 되풀이해 말했다.

"제가, 사당을……요?"

"다케야 별채, 자네가 고치지 않았나?"

"예? 예에……. 그냥."

"그 정도 실력이면 만들 수 있을 거야. 자네가 안 한다면 나도 이

일을 맡을 수 없어."

운게쓰가 식어 버린 블랙커피를 홀짝인다.

"하, 하겠습니다."

"그렇다면."

운게쓰는 커피 잔을 바닥에 놓고 그 손으로 10만 엔이 든 은행 봉투를 내 쪽으로 밀었다.

"이 돈은 사당 제작비로 쓰도록 해. 나는 계약금 없이 자네가 성공하면 갚는 걸로 하고 이 일을 맡기로 하지. 사당은 완벽하게 만들어야 해. 나도 이 손으로 다시 지장을 살려 볼 테니."

운게쓰가 또 씨익 웃는다.

이번 웃음은 나쁘지 않았다. 나를 시험하는 것도 아니고 무시하는 것도 아니었다. 조금의 비아냥도 담기지 않은, 마음 좋은 형 같은 웃음이었다.

내 입이 그 웃음에 자연스럽게 반응하여 그저 기분 좋게 "감사합니다."라고 말했다. 어? 하고 놀랐을 때 이미 눈앞의 운게쓰가 흐릿해져 있었다. 내 두 눈에 눈물이 고여 있었던 것이다.

아마 오늘만 그렇겠지만, 분하게도 이 퉁명스러운 남자는 정말이지 매력 넘치는 불사였다.

돌아가는 길.

현관을 나서는데 운게쓰가 불렀다.

"이봐."

내가 뒤돌아본다.

"돈을 빨리 갚을 수 있도록, 성공 비결을 하나 가르쳐 주지."

"아, 네."

운게쓰가 약간 쑥스러운 듯이 발밑을 내려다보면서 머리를 박박 긁는다.

"나는 같은 말을 두 번 안 하는 사람이니까."

"네."

"신은 작은 것도 놓치지 않아. 그러니 손톱만큼의 타협도 허용해선 안 돼."

"……."

"이상이다."

"네……."

"알았으면 그만 가 봐."

수줍음 많은 불사는 들개라도 내쫓듯이 오른손을 휘휘 저었다.

그 발밑에서 검은 고양이가 "야옹" 하고 운다.

나는 고개를 꾸벅 숙인 다음 발길을 돌려 황량한 겨울 숲 속 외길을 걷기 시작했다.

흙냄새를 품은 차가운 바람을 맞으며 짙은 보랏빛을 띤 하늘을 올려다보니 별 하나가 반짝반짝 빛났다.

나는 왠지 평소보다 성큼성큼 걷고 있었다.

별을 보면서 생각했다.

언젠가 또 '운게쓰암'에 놀러 가 볼까?

그때는 꼭 밀크랑 설탕을 가져가야지.

6장

가와이 나쓰미의 '생명'

싱고짱이 중고로 구입한 레거시 투어링 왜건을 타고 '다케야' 앞 공터에 도착했다.

"와아, 하나도 안 변했네……."

조수석에 앉은 내가 감격스러운 목소리로 말하자 싱고짱도 "정말이다."라고 고개를 끄덕이면서 사이드브레이크를 당겼다. 그러고 짧은 턱수염을 오른손으로 쓱쓱 소리 내며 문지른다. 이건 싱고짱에게 1년 전쯤부터 생긴 기분 좋을 때의 버릇이다.

우리는 차에서 내려 자갈이 깔린 공터에 섰다.

주위를 휙 둘러보았지만 정말로 그때랑 무엇 하나 바뀌지 않은 듯 보였다.

대나무 숲 쪽에서 상쾌한 가을바람이 불어온다.

이 바람 냄새…….

나는 약간 감상적인 기분이 들었는지 살짝 한숨이 나왔다.

화창하게 갠 저녁 하늘을 올려다보니 헤아릴 수 없을 정도로 많은 고추잠자리가 둥둥 떠 있다.

문득 서쪽 하늘로 눈길을 돌렸을 때 나는 무심코 숨을 삼켰다. 하늘 가득 펼쳐진 비늘구름이 참으로 아름다웠다. 비늘 하나하나가 금색으로 빛나 보였다.

"싱고짱, 저기 봐. 정말 멋져, 비늘구름."

"우왓, 굉장하다. 이런 건 처음 봐. 한 컷 찍어 둘까?"

싱고짱이 트렁크를 열고 카메라 가방에서 최신 기종 캐논을 꺼냈다. 보디에 광각렌즈를 장착한 후 금색 비늘구름을 몇 장 찍었다.

"제법 괜찮은 사진이 되겠는데……? 자, 가 볼까?"

"응."

우리는 '다케야' 쪽으로 걸었다.

가게 셔터는 꽉 닫혔고 가장자리에는 녹이 엷게 슬어 있었다. 늘 처마 밑에서 딸랑, 딸랑, 하고 기분 좋게 울던 풍경도 이젠 없다.

주인을 잃은 작은 목조 가옥이 지난 2년간 빠른 속도로 낡아 버렸다.

"지장보살님 잘 계시네."

"그러네."

그때 싱고짱이 열심히 만든 작은 사당과 그 안의 지장보살님. 나무 색깔이 조금 거뭇해지고 세월이 느껴졌지만 오히려 운치가 더해져서 일본 산골 마을의 가을 풍경에 잘 녹아드는 듯했다.

나는 천천히 몸을 굽히고 지장보살님과 오랜만에 대면했다.

"아무리 봐도 지장 할아버지랑 꼭 닮았어."

"그러게. 당장이라도 싱고, 나쓰미, 어서 와…… 하실 것 같아."

강바람을 맞으며 싱글벙글 웃던 지장 할아버지의 얼굴이 떠오른다.

사당 앞에 물이 든 우유병이 놓여 있었다. 그 병에 줄기가 기다란 민들레 두 송이가 꽂혀 있다. 민들레치고는 꽤 큰 송이였다. 바람이 부니 부들부들 떨린다.

"싱고짱, 이 민들레 다쿠야랑 히토미가 한 송이씩 꽂아 둔 것 같지 않아?"

"응, 그런 것 같지? 아직 꽃이 싱싱한 걸 보니 어쩌면 오늘 꺾어 왔는지도 모르겠다."

"그러게……. 분명 오늘이야."

다쿠야와 히토미는 씩씩하게 잘 지내고 있을까? 생각해 보니 다쿠야는 벌써 중학교 1학년이고 히토미는 초등학교 4학년이다. 시간은 애달플 정도로 빨리 흐른다.

시간이라든지, 마음이라든지, 추억이라든지…… 눈에는 보이지 않지만 확실히 존재하는 것이 있다. 그런 건 아무리 튼튼한 쇠사슬

로도 묶어 둘 수 없다. 눈에 보이지 않는 것은 내 안의 눈에 보이지 않는 것으로만 접할 수 있고 조절할 수 있다. 내 안의 '생각'이라는 보이지 않는 힘에 의존하여 이 세상의 눈에 보이지 않는 소중한 것들과 더불어 살아가야겠지.

"나는 지장보살님을 깨끗이 닦을 테니 나쓰미는 술이랑 꽃을 올려 줄래?"

"응."

싱고짱은 운게쓰가 혼신을 다해 조각한 작품을 마른 솔로 싹싹 문지르기 시작했다. 나는 차에서 싱고짱 부모님이 만든 술과 생화를 가지고 나와 사당 안에 조심스레 놓았다.

"지장보살님이 왜 이렇게 깨끗하지?"

"그러게. 나도 그 생각 했어."

"내가 사당을 잘 만든 덕분인가?"

싱고짱이 자화자찬하며 싱긋 웃는다.

"누가 청소해 준 거 아냐?"

"누가 누군데?"

"누구긴."

당연히 그 불사일 것이다.

"운게쓰 씨, 잘 계실까……?" 하고 싱고짱이 한순간 시선을 멀리 주었다가 곧 장난스럽게 싱긋 웃으며 "뭐, 그 사람 일이니 당연히 잘 있겠지. 지금쯤 공방에서 귀가 왜 이렇게 가렵나, 하겠다."라며 유쾌하게 웃었다.

"그 무서운 얼굴로 귀 파고 있으면 진짜 웃기겠다."

둘이서 운게쓰의 귀 파는 모습을 상상하며 킥킥 웃었다.

싱고짱이 지장보살님을 대충 닦고 난 후 우리는 양손을 모으고 절했다. 눈을 감으니 지장 할아버지가 좋아했던 그 풍경 소리가 들릴 것 같은 기분이 들었다.

마음속으로 지장 할아버지께 근황을 보고한다.

덕분에 싱고짱은 카메라맨으로서 그럭저럭 생활이 가능하게 되었습니다. 아직 신참이지만, 매일 다양한 현장을 돌며 열심히 사진을 찍고 있습니다. 다 지장 할아버지 덕분입니다. 감사해요.

그리고 제게도 큰 변화가 생겼어요. 오늘은 그 결단을 내리려고 합니다. 조금 떨리지만, 아무쪼록 좋은 방향으로 이끌어 주세요.

눈을 뜨고 지장보살님을 응시한다.

지장 할아버지가 '괜찮아. 다 잘될 거야.' 하고 웃어 주는 것 같았다.

이 사당이 막 지어졌을 때, 지장보살님께 민들레를 바치는 다쿠야와 히토미의 모습을 사진에 담았다. 싱고짱은 그 사진을 졸업 작품으로 제출했다. 제목은 '추억'이었다. 해질녘 몸을 웅크린 다쿠야와 히토미의 기다란 그림자가 시골길 위로 뻗어 있었다. 아이들의 볼이 석양을 받아 귤색으로 물들어 있었고, 사당 지붕에 고인 물방울은 반짝반짝 빛났다. 생무지인 내가 봐도 가슴 깊이 와 닿는 사진이었다.

결과적으로 그 사진은 아깝게 1등을 놓치고 2등상을 받았다. 그리하여 국제 예술대학 사진학과의 역사에 아이바 싱고라는 이름이 새겨졌다.

싱고짱은 막상 프로가 되어 보니 그런 실적은 전혀 도움이 안 된다며 웃었다. 프로필에 적어 두고 신규 고객에게 보여 주기엔 좋겠다고 했다.

프로의 세계는 프로가 된 후의 결과가 중요하다.

"됐다. 참배도 끝났고……."

양손을 모으고 묵도하던 싱고짱이 얼굴을 들었다.

"싱고짱, 무슨 소원 빌었어?"

"그냥 근황 보고. 나쓰미는?"

나는 "비밀." 하면서 웃었다. 여기서는 아직 비밀이다.

"어어, 비밀이라고 하니 더 궁금해지는데."

"그렇게 궁금해?"

"응."

"그래도 비밀."

아직 비밀이야.

마을 변두리 쪽으로 걸었다.

언젠가 그랬듯, 드넓은 하늘에 고추잠자리가 무리 지어 날아다니기에 나는 싱고짱의 손을 살짝 잡아 보았다.

싱고짱이 나를 보고 조금 쑥스러운 듯 미소 짓더니 손을 크게 흔들며 걷는다.

"아, 기억하는구나."

"당연하지."

"그럼, 문제."

"응?"

"잠자리의 행복은?"

"잠자리의 행복은……."

싱고짱은 고추잠자리로 가득한 노을 진 하늘을 한번 올려다보더니 성큼성큼 걸으며 대답했다.

"하늘을 나는 것만으로 행복해."

"정답."

우리는 함께 하늘을 올려다보았다.

하늘을 나는 것만으로……. 그때는 분명 그게 행복이라고 생각했다. 하지만 지금은 조금 다르다. 나는 것만으로 행복한 게 아니라, 사실은 누군가와 함께 날고 있어서 행복한 것이다. 분명.

만약 싱고짱이 없고 지금 여기에 나 혼자라면 분명 이런 행복감을 느낄 수 없을 테니.

봉긋한 언덕 경사면에 이르렀다.

경사면을 오르는 계단은 가는 통나무로 만들어져 있었다. 계단 폭이 좁아서 나는 싱고짱 뒤에서 걸었다.

계단을 오르기 시작하자 곧 향냄새가 났다.

마을 사람들의 묘지가 이 전망 좋은 경사면에 있다.

후쿠이 일가의 묘는 가장 위쪽의 오른편 구석에 있었다. 그 묘 앞에도 사랑스러운 물건이 놓여 있다.

우유병에 꽂힌 두 송이 민들레.

"역시 다쿠야랑 히토미였어."

"그렇겠지? 틀림없이."

"그 아이들, 기일을 기억해 준 걸까?"

"어떨까? 어쩌면 운게쓰 씨랑 같이 왔는지도 모르지."

"아, 그럴지도 모르겠다."

묘비 위에 고추잠자리 두 마리가 나란히 앉아 있다. 어쩐지 다쿠야랑 히토미 같았다.

오늘은 야스 할머니가 돌아가신 지 2년이 되는 날이다.

야스 할머니는 지장 할아버지가 돌아가신 후 눈에 띄게 쇠약해지시더니 이듬해 오늘 편안히 눈을 감으셨다.

제일 먼저 발견한 사람은 운게쓰였다. 오전에 '다케야'에 들렀는데 야스 할머니가 거실에 누워 있었다고 한다. 계산대 뒤로 가서 불렀지만 대답이 없었고, 이상하다 싶어 안으로 들어갔는데 야스 할머니는 그때 이미 돌아가신 후였다.

"내가 발견했을 때는 아직 좀 따뜻했어."

장례식 때 운게쓰가 말했다.

야스 할머니는 반으로 접은 방석을 베고 옆으로 누워서 낮잠을 주무시다가 그대로 편안히 잠드셨다.

'고독사'라고 할 수 있을지 어떨지는 모르겠다. 하지만 야스 할머니의 마지막 얼굴은 무척 행복해 보였다. 언제였던가 야스 할머니가 아픈 아들을 끝까지 지켰고 손자와도 친해졌다면서 이제 여한이 없다는 말을 한 적이 있는데, 그 말이 진심이었는지도 모른다.

"이 근처에는 귀뚜라미가 참 많아."

싱고짱이 가져온 향에 불을 붙이며 말했다.

"응. 여기저기서 사랑의 노래가 들리네."

나는 묘 앞에 살며시 꽃을 바쳤다.

싱고짱이 불을 피운 향 묶음을 반으로 나눠 건네주었다.우리는 차례로 분향하고 나서 나란히 손을 모으고 야스 할머니와 지장 할아버지의 명복을 빌었다.

먼저 눈을 뜨고 옆에 있는 싱고짱의 옆얼굴을 본다. 고개를 숙이고 눈을 감고 합장하는 싱고짱의 얼굴이 레몬빛 저녁놀에 물들어 한 폭의 분위기 있는 그림 같았다. 나에게 재능이 있었다면 틀림없이 사진에 담았을 것이다.

이때다.

싱고짱이 눈을 뜨기 전에 말해야지.

나는 산골 마을의 상쾌한 공기를 깊이 들이마신 후 입을 열었다.

"눈 감고 들어 줘."

목소리가 조금 떨렸다.

"응?"

싱고짱은 나의 갑작스러운 요청에 무의식적으로 눈을 뜨고 이쪽을 보았다. 양손은 모은 채였다.

"안 돼. 다시 눈 감고……."

심각한 목소리로 그렇게 말하자 싱고짱도 따라 주었다.

"뭐야. 왜 그래?"

"싱고짱, 아까 궁금하다고 했던 내 비밀……, 듣고 싶어?"

"어……. 당연히 듣고 싶지."

"듣고 나서도 나를 싫어하지 않겠다고 약속해 줄래?"

앗, 이런 귀여운 대사는 말할 생각이 없었는데…….

싱고짱이 또 눈을 뜨고 나를 본다.

"나쓰미……?"

"안 돼. 빨리 눈 감아."

"아니 그런데."

"안 돼."

싱고짱은 조금 불안한 얼굴로 다시 눈을 감았다.

누군가 타인이 내 심장을 꾸욱꾸욱 누르는가 싶을 만큼 세차게

박동했다. 이렇게 두근거리면 내 안에 있는 '또 하나의 작은 심장'이 아플까 염려되어 나는 또 심호흡을 했다.

나는 자궁에 마음을 싣고, 말했다.

"나, 아기, 가졌어……."

"엇."

싱고짱이 또 눈을 뜨고 나를 본다.

이번에는 눈을 감으라고 하지 않았다.

"나, 나쓰미……. 정말?"

나는 고개를 끄덕였다.

"언제, 알았어?"

"2주 전쯤."

"엇, 그렇게나 됐어……?"

싱고짱은 깊디깊은 한숨을 쉬었다.

묘비 위에 있던 고추잠자리 두 마리가 레몬 빛깔의 하늘로 두둥실 날아올랐다.

"왜 말 안 했어."

원망하는 눈은 아니었다. 오히려 나를 감싸는 눈이다.

"그냥……."

무서웠어. 그냥 막연하게 무서웠어.

"아, 그랬군……."

"응?"

"어쩐지 요즘 나쓰미가 오토바이를 안 타더라."

"……."

"그래서 그랬구나."

싱고짱은 여기서 표정을 풀었다.

저녁놀에 물든 얼굴로 평소처럼 웃고 있다.

"나쓰미."

"…… 응?"

"사실은 나도 나쓰미한테 비밀로 한 게 있는데."

"어……."

"알고 싶어?"

"……."

"알고 싶지?"

나는 멍한 표정으로 고개를 끄떡했다.

"듣고 나서도 나를 절대 싫어하지 않겠다고 약속해 줄 거야?"

나는 웃으며 고개를 끄덕였다.

싱고짱도 조금 기쁜 듯 웃는다.

"사실은 나쓰미한테."

"응……."

"한 가지 부탁하고 싶은 게 있었어."

"부탁하고 싶은, 거……?"

"응. 평생의 소원인데."

거기서 싱고짱은 "후우" 하고 한번 숨을 내뱉은 다음 평소와 달리 진지한 눈을 했다. 하지만 입술에는 생전의 지장 할아버지처럼 온화한 미소가 담겨 있었다.

그 입술이 열린다.

"나쓰미……. 세 번째 기쁨을 나한테 줄 수 있을까?"

"……."

세 번째 기쁨. 반려자와 함께 아이의 행복한 모습을 보는 기쁨.

그걸.

내가?

가을바람이 불어와 내 머리카락을 살랑살랑 흔들었다.

조금 전까지 그토록 날뛰던 심장이 어느새 잔잔해져 있었다. 그 대신 따끈따끈한 열을 발했다.

아아, 마음은 역시 심장에 있었어. 나는 그런 생각을 했다.

"어? 나쓰미……. 안 돼?"

싱고짱이 눈썹을 팔자로 내리고 난처한 얼굴을 했다.

그 얼굴을 보니 왠지 우스워서 풋 하고 내뿜고 말았다.

동시에 눈물도 넘쳐, 내가 우는 건지 웃는 건지 알 수 없어졌다. 목에서 새어 나오는 내 목소리도 웃는 것 같기도 하고 우는 것 같기도 하고 애매했지만, 그러나 한 가지 확실한 건 있었다.

행복했다.

보이지 않는 힘에 이끌리듯 싱고짱의 가슴에 이마를 대고 폭 안겼다. 이제 웃고 있을 수 없었다. 그저 모든 걸 내맡기고 울었다.

울면서 말했다.

인생을 살면서 할 수 있는 말 중 가장 멋진 그 한마디를.

"고마워……."

이 세 글자가 프러포즈에 대한 답이었다.

"휴우." 싱고짱은 안도한 듯 한숨을 내쉬고 "다행이다……."라고 중얼거렸다.

"나쓰미한테 처음 사진 CD 건네면서 말 걸었던 그때보다 더 떨렸어……."

"아하하……."

나는 또 울면서 웃었다.

울면서 웃는 바람에 반쯤 열린 내 입술을 싱고짱의 입술이 부드럽게 막았다.

묘지에서 키스라니 불량하다고 생각하면서도 나는 싱고짱의 목에 양팔을 감았다.

360도 서라운드로 들리는 귀뚜라미들의 대합창.

내 귀에는 벌레들의 성대한 축가로 들렸다.

키스가 끝나자 나는 괜히 쑥스러워서 고개를 숙였다. 그때 묘비 바로 옆에 자란 민들레를 발견했다.

"앗, 싱고짱, 민들레."

"아, 그러네."

그 민들레는 이제 꽃이 아니라 보들보들 동그란 솜털이었다. 싱고짱이 몸을 구부려 그 줄기를 꺾고는 장난스럽게 웃으며 이렇게 말한다.

"지금 두 사람의 약혼이 성립되었으므로 둘만의 첫 공동 작업을 수행하도록 하겠습니다."

일어선 싱고짱의 볼이 내 볼 바로 옆으로 다가왔다. 민들레 솜털이 두 사람의 입 앞에 놓였다. 높은 위치에서 경사면을 내려다보니 자그마한 산골 마을이 저녁놀에 물들어 은은한 세피아색으로 빛났다.

"나쓰미, 간다."

"응."

"하나, 둘."

후우.

솜털이 둥실둥실 가을바람을 타고 흩어져 레몬색으로 빛나는 비늘구름 쪽으로 날아갔다.

솜털 중에는 바람에 흐트러지지 않고 엉킨 채 날아가는 것도 있었다.

그대로 계속 붙은 채 날아가서, 같은 땅에 내려앉아, 이웃으로 함께 쑥쑥 자라서, 활짝 피운 예쁜 꽃을 서로 보여 주며, 그렇게 죽을 때까지 가장 가까이에서 생을 같이하다가, 마지막엔 또 함께 많은 씨를 하늘로 날리면 좋겠다.

"나쓰미."

"응?"

"우리 아기가 태어나면."

"응……."

나는 생명이 싹튼 아랫배에 조심스레 손을 댔다.

"꼭 말해 주자."

그것만으로 나는 이미 무슨 뜻인지 알았다.

나는 천천히 고개를 끄덕였다.

"응. 몇 번이고 몇 번이고 말해 주자."

태어나 줘서, 정말 고맙다고.

에필로그

사카키야마 운게쓰의 '풍경'

활짝 열린 공방의 창밖이 싱싱한 레몬을 연상케 하는 색으로 물들었다. 그 하늘에 여태껏 본 적 없는 아름다운 비늘구름이 떠 있다.

작업하던 손을 멈추고 그 하늘을 가만히 보는데 갑자기 귀가 간질간질하더니 재채기가 크게 나왔다.

조각칼과 나무토막을 손에 든 다쿠야와 히토미가 재미있다는 듯 깔깔 웃는다.

"뭐가 그렇게 우습냐?"

운게쓰는 조금 창피해져서 덥수룩한 머리를 벅벅 긁었다.

창문을 통해 상쾌한 가을바람이 들어온다.

딸랑, 딸랑.

그 바람에 반응하여 초롱꽃 모양의 풍경이 맑은 음색을 연주했다.

운게쓰는 풍경 소리에 저절로 웃음이 나왔다.

어제 저녁에 녹 제거제를 바르고 열심히 문질러 반짝반짝 닦아 놓았다.

"아저씨."

커다란 밥그릇을 만들겠다며 의욕을 보이던 다쿠야가 풍경을 올려다본다.

"왜."

"저 풍경, 다케야에 있던 거지요? 닦아서 뭐하게요?"

다쿠야 옆에서 판자에다 고양이 얼굴을 새기던 히토미도 운게쓰를 쳐다본다.

"사당 안에 매달아 둘 거야. 지장 할아버지가 좋아했거든, 저 풍경."

"오, 짱인데요?"

다쿠야가 요즘 중학생답게 반응한다.

"짱이야?"

"네, 짱 좋네요, 그 아이디어."

"나도 찬성."

"그래? 다행이구나."

아이들의 성장은 참으로 빠르다.

나날이 다른 표정을 보여 주는 아이들을 바라보며 운게쓰는 문득 볼 근육이 풀어지는 걸 느꼈다.

"야차는 어디 갔지? 모델이 없으면 잘 못 파는데."

히토미가 자기 작품을 보면서 입술을 뾰로통하게 내밀었다.

야차는 아이를 싫어한다. 이 두 아이가 돌아갈 때까지 아마 나타나지 않을 것이다. 그 사실을 말하면 상처받을 것 같아서 운게쓰는 적당한 말로 둘러댔다.

"잘 못 파도 돼. 조각은 그냥 즐기는 거야."

"잘 못 파면 즐겁지 않다니까요."

요즘 들어 까칠한 다쿠야가 끼어든다.

이런이런…….

하지만 다쿠야 말이 맞다. 프로 불사인 나도 잘 안 될 때는 짜증이 난다.

정말 아이들한텐 못 당한다니까.

운게쓰는 자기도 모르게 뒤통수를 긁적였다.

딸랑.

또 풍경이 운다.

"아, 민들레 솜털."

히토미가 갑자기 일어나면서 소리쳤다.

그쪽을 보니 솜털 두 개가 얽힌 채 공방 안을 둥실둥실 떠다니고 있다.

서쪽 창에서 바람을 타고 들어온 모양이다.

그 솜털을 히토미가 잡으려고 천장을 향해 손을 쭉 폈다. 키가 조금 모자라서 닿지 않는다.

솜털이 천천히 동쪽으로 이동한다.

히토미도 뒤쫓는다.

딸랑.

풍경이 울자 보이지 않는 소용돌이에 휘말린 듯 솜털이 공중에서 뱅그르르 회전하더니 그대로 동쪽 창을 통해 나가 버렸다.

“아아, 못 잡았다…….”

히토미가 아쉬운 듯 창밖을 바라본다.

운게쓰의 뇌리에 문득 그리운 얼굴이 떠올랐다.

싱고와 나쓰미다.

그해 여름 갑작스러운 두 사람의 등장으로 지장과 할미의 위태롭던 생명이 반짝 빛을 내기 시작했다. 단조롭고 아무런 자극이 없어 지루했던 ‘다케야’의 일상에, 쏘아 올린 불꽃 같은 한순간의 광채를 그들이 선사했다. 그 빛을 받고 생각지도 않게 변화된 것이 다름 아닌 운게쓰 자신이었다.

불사로서 오랫동안 일했지만 돈 한 푼 안 받고 일을 맡은 것은 그 지장보살이 처음이었다. 설마 그 작품이 나의 최고 걸작이 될 줄은 몰랐다.

오늘은 ‘다케야’ 할미의 기일이다.

운게쓰는 오전 중에 다쿠야와 히토미를 데리고 지장보살을 보고 성묘도 했다.

만약 그 젊은이들이 오늘 기일을 잊지 않고 찾아와 준다면……. 생각만 해도 저세상에서 기뻐하는 지장과 할미의 얼굴이 눈에 보이는 듯했다.

딸랑, 딸랑.

아무리 들어도 좋은 소리다.

운게쓰는 손 안의 자그마한 목각 인형을 바라보았다.

"아저씨, 뭐 만들고 있어요?"

솜털을 포기했는지 히토미가 창가에서 돌아왔다.

"지장보살님이야."

석장 대신 막대기를 들고 있다. 즉, 그 지장을 닮은 모습으로 조각한 지장보살의 미니어처다. 이 역시 돈이 되지 않는 일이다.

"흐음."

"지장보살이 어떤 분인지, 너희는 알까?"

히토미가 고개를 젓는다. 다쿠야도 나무토막에서 얼굴을 들고 흥미진진한 눈으로 운게쓰를 본다.

"지장보살님은 가장 약한 입장에 있는 사람부터 구해 주는 마음이 따스한 부처님이란다. 그러니 아이들을 최우선적으로 지켜 주지."

"오호. 몰랐어요."

"히토미도 몰랐어요."

"다케야 앞에 있는 지장보살님을 소중히 여겨 다오."

남매는 "네." 하고 한목소리로 말하고는 각자 나무를 파기 시작했다.

스윽, 스윽, 스윽…….

마찰음이 조용한 공방을 떠돈다.

이따금 딸랑, 하고 풍경이 운다.

운게쓰는 조각도를 들고 이 작은 지장보살 안에 생전의 지장과의 추억을 하나하나 새겨 갔다. 이런 마음으로 만들고 있으니 이만큼 다정한 불상은 찾기 힘들 것이라는 작은 확신이 있다.

"아저씨."

또 히토미가 부른다.

"왜?"

"뭣 때문에 그렇게 작은 지장보살을 만드는 거예요?"

운게쓰는 덥수룩한 머리를 긁적이다가 한참 만에 입을 열었다.

"선물로 줄 거야. 그래서 작아."

"누구한테 줄 건데요?"

"너희는 모르는 아이야."

떨어져 살고 있는 내 아들에게 줄 거란다.

수호신으로 간직하라고.

딸랑.

풍경이 매달린 창문을 보니 어느새 바깥은 타는 듯한 저녁놀로 물들어 있었다.

"자, 오늘은 그만하자. 곧 어두워질 거야. 다케야 지장보살님한테 풍경 돌려주러 갈까? 지금 바깥은 저녁놀이 엄청나단다."

"네."

히토미가 일어났다.

"내일도 와도 돼요?"

다쿠야가 물었다.

"응, 언제라도 오고 싶을 때 와서 마음껏 만들어 봐."

"야호."

세 사람은 조각도를 놓고 공방에서 나왔다.

현관에서 신을 신고 밖으로 나오자마자 다쿠야와 히토미가 노을 하늘을 올려다보며 환호성을 지른다. 그러고 숲 속 외길을 달린다.

아이들의 뒷모습이 작아져 간다.

운게쓰는 천천히 걸으며 손에 든 풍경을 흔들었다.

딸랑, 딸랑.

맑은 음색이 울긋불긋한 가을 숲으로 침투한다.

"아저씨, 빨리요!"

모퉁이에서 히토미가 손을 흔든다.

"그래. 먼저 가 있어."

아이들의 모습이 이제 보이지 않는다.

운게쓰는 자그맣게 한숨을 내쉬었다. 가볍고 기분 좋은 한숨이었다.

다시금 얼굴 앞에서 풍경을 흔들며 혼잣말로 중얼거린다.

이런 인생도, 뭐, 나쁘진 않네…….

딸랑.

지금이니 말할 수 있지만, 저는 열여섯 살 때 오토바이 면허를 땄습니다. 다니던 고등학교 교칙에 '오토바이와 아르바이트 금지'라는 항목이 있었기에 학교에도 부모님께도 비밀로 하고 몰래 아르바이트를 하여 오토바이 학원에 다녔습니다. 중고 오토바이를 일시불로 구입하기도 했지요. 그렇게 꿈에 그리던 고등학생 라이더가 되었습니다. 괴로운 수학 수업이 있는 날에는 종종 학교를 빼먹고 투어링을 떠났어요. 지금 생각하면 정말 말도 안 되는 고등학생이었습니다(웃음).

그러던 어느 날, 오토바이를 타고 달리다가 '다케야'의 모델이 된 이 가게에 우연히 들르게 되었습니다. 이야기 속의 나쓰미처럼 화장실이 급했던 것이지요. 그곳에 지장 할아버지와 야스 할머니의 모델이 되신 분이 실제로 계셨습니다. 우리는 곧 친해졌고, 이후에도 종종 찾아가곤 했어요. 물론 이 이야기는 어디까지나 '소설'이므로 픽션을 듬뿍 담았습니다.

지장 할아버지는 만난 지 얼마 안 됐을 때 죽순 캐는 법을 실제로 가르쳐 주셨습니다. 그 후로 매년 골든위크가 되면 가게로 찾아가서 몸이 불편한 할아버지 대신 부지런히 죽순을 캐곤 했지요. 그곳에서 캐낸 싱싱한 죽순 맛은 정말이지 위험할 정도입니다. 그 궁극의 맛은 한번 경험하면 절대 잊을 수 없답니다. 소설 속 가게에 '다케야(竹屋)'라는 이름을 붙여 준 것도 사실은 죽순(竹筍) 때문입니다.

지장 할아버지와 야스 할머니의 모델이 되신 두 분은 정말 다정하고 따뜻한 분들이었습니다. 지금도 내 마음속의 반짝반짝 빛나는 '여름'은 그 자그마한 가게와 두 분의 미소로 채워져 있습니다.

작품 속에서 열정적으로 설명한 강놀이는 제가 일본 전역을 오토바이로 돌아다니며 노숙 방랑 여행을 할 때 얻은 지식과 기술의 일부입니다. 어른이 된 지금도 강에서 노는 것이 즐거워서 미칠 지경이에요. 이 책을 쓸 때도 여름이었는데, 원고를 앞에 두고도 물에 뛰어들고 싶어 온몸이 근질근질했습니다.

지금으로부터 3개월 전쯤, 오랜만에 '다케야'의 모델이 된 가게에 찾아가 분향을 하고 왔습니다. 불단 앞에서 양손을 모으고 기도했습니다. 두 분의 따스한 온기가 독자의 마음에도 그대로 전달되기를……. 그 기도가 지금 이 후기를 읽고 있는 당신의 마음에도 와 닿았다면 저자로서 무척 행복할 것입니다.

모리사와 아키오

나쓰미의 반딧불이

초판 1쇄 발행 2015년 7월 10일
개정판 1쇄 발행 2022년 10월 25일

지은이 모리사와 아키오
옮긴이 이수미
펴낸이 이범상
펴낸곳 (주)비전비엔피 · 이덴슬리벨

기획 편집 이경원 심은정 유지현 김승희 조은아 김다혜
디자인 김은주 이상재
마케팅 한상철 이성호 최은석
전자책 김성화 김희정 이병준
관리 이다정
주소 우) 04034 서울특별시 마포구 잔다리로7길 12 (서교동)
전화 02) 338-2411 | **팩스** 02) 338-2413
홈페이지 www.visionbp.co.kr
이메일 visioncorea@naver.com
원고투고 editor@visionbp.co.kr
인스타그램 www.instagram.com/visioncorea
포스트 post.naver.com/visioncorea

등록번호 제2009-000096호

ISBN 979-11-91937-25-1 04830
979-11-91937-24-4 (SET)

· 값은 뒤표지에 있습니다.
· 잘못된 책은 구입하신 서점에서 바꿔드립니다.

이 도서의 국립중앙도서관 출판예정도서목록(CIP)은 서지정보유통지원시스템 홈페이지(http://seoji.nl.go.kr)와 국가자료공동목록시스템(http://www.nl.go.kr/kolisnet)에서 이용하실 수 있습니다. (CIP제어번호 : CIP2015016046)